孙宜学◎主编

李煜词集

[南唐]李煜◎著　段晨曦◎编

朝華出版社
BLOSSOM PRESS

图书在版编目（CIP）数据

李煜词集 / (南唐) 李煜著 ; 段晨曦编 . -- 北京 :
朝华出版社 , 2025. 1. -- (启秀文库 / 孙宜学主编).
ISBN 978-7-5054-5549-8

Ⅰ . I222.843.2

中国国家版本馆 CIP 数据核字第 2024DM0971 号

李煜词集

［南唐］李煜　著

段晨曦　编

选题策划　黄明陆　李金水
责任编辑　张北鱼
责任印制　陆竞赢　訾　坤

出版发行　朝华出版社
社　　址　北京市西城区百万庄大街 24 号　　邮政编码　100037
订购电话　（010）68996522
传　　真　（010）88415258
联系版权　zhbq@cicg.org.cn
网　　址　http://zhcb.cicg.org.cn
印　　刷　三河市龙大印装有限公司
经　　销　全国新华书店
开　　本　920mm×1260mm　1/16　　　　字　　数　121 千
印　　张　10
版　　次　2025 年 1 月第 1 版　　2025 年 1 月第 1 次印刷
装　　别　精
书　　号　ISBN 978-7-5054-5549-8
定　　价　45.00 元

"启秀文库"编委会

总 策 划　黄明陆
执 行 策 划　李金水

主　　编　孙宜学
副 主 编　陈曦骏
编　　委　（按姓氏笔画排序）

封面题签　赵朴初

总序

　　中国传统文化经典作品是中国智慧的结晶和集中体现，源于中国人的生存智慧、生命智慧，是一代代中国人对天地万物、时序经纬的心灵感悟和提炼总结，已成为人类精神文明的宝贵财富。至今，这些作品仍能释日常生活之惑、解亘古变化之谜，为世界的未来提供中国范式。

　　中国和世界需要既包蕴中国传统文化精髓，又能真实反映新时代中国文化新发展、新概念的中国传统文化经典著作，这样的著作应具备以下特点：

　　1. 兼具知识的广度与理论的深度。能撷取中华优秀传统文化的精华，体现中国人的思维方式和中国文化特质，同时具有内在的理论逻辑，集知识性、系统性、科学性于一体。

　　2. 兼具学术的高度和历史的维度。能讲清楚"何谓'文'""何谓'化'"和"何谓'文化'"，并立足于中国和世界文化发展史，以中国传统文化典籍为历史线索，阐释、勾勒出中国文化发展历史的昨天、今天和明天。引导读者通过中国文化内涵的特殊性和普适性元素了解中国文化如何不断推陈出新，中国智慧如何不断博观约取、吐故纳新。

　　3. 兼具精准的角度和客观的态度。能基于读者的客观诉求、阅读习惯和审美习惯，充分发掘和利用中国的地域、经济和文化特点，全面深入研究中国文化资源，保证经典著作能"贴近不同区域、不同国家、不同群体受众"，更直接有效地"推进中国故事和中国声音的全球化表达、区域化表达、分众化表达"。

4. 兼具多元的维度与开放的幅度。能基于世界阅读中国的目标，从中外文化互鉴视角，成为世界文化多维度交流互鉴的载体和可持续阐释的源文本。

我们选编这套"启秀文库"，即因此，并为此。中国人阅读这些作品，可以学会更好地生活；外国人阅读这些作品，可以了解和理解中国人的美好生活是一种什么样的历史形态。中外读者共同汲取其中的智慧，可以知道如何建设一个和谐美丽的世界，以及未来的世界会如何美好。

伟大的经典作品，都是为了将日常的生活变得更加美好。在建设"人类命运共同体"的今天，中国文化的精神滋养不应只培育中华民族子孙的天下情怀，还应引导世界人民学会欣赏中国之美、中国之魂、中国之根，在促使世界更深刻理解中国的历史和当代的同时，实现不同民族文化的和谐相处、共生共进。

在中华民族开启向第二个百年奋斗目标进军的新征程之际，中国文化发展也必将进入一个新阶段。这套丛书的时代价值，在于其将"中华文化感召力、中国形象亲和力、中国话语说服力、国际舆论引导力"融入编写、注释和诠释的全过程，从而使传统文化经典作品更能适应新时代，更有能力承载与传播中华文化精髓，向世界讲好中国故事。

孙宜学

2024 年 7 月

于同济大学

一千多年前，在汴京的一座小楼内，一个落魄、孤独的男子，倚栏远眺，垂泪无语。

这个伤心之人，就是南唐的最后一位国君。他还有一个更为世人所熟知的名字——千古词帝李煜。

他曾是帝王，一个被宋朝开国皇帝俘虏的帝王。被俘前，他潇洒恣意、儿女情长；被俘后，他受尽凌辱、哀怨愤懑。

李煜一生大起大落，曾经的风流才俊，在"风刀霜剑严相逼"的日子中迅速衰落。

"国家不幸诗家幸。"正是体验过两种截然不同的人生，才让李煜迸发出超乎寻常的创作才情，留下了千古绝唱的诗词，即使在今天，我们依然会被他的作品打动。

李煜的人生是喜剧与悲剧交替的，他的诗词也在悲喜交加中诉说他的心事。无论是南唐后主期间的"欢唱"，还是沦为阶下囚后的"悲吟"，都真实地反映出李煜的人生经历。李煜在诗词的世界中表达最真实的自我，抒发最真切的感受。

王国维曾评价李煜的词："词至李后主而眼界始大，感慨遂深，遂变伶工之词而为士大夫之词。"

李煜的词继承了晚唐以来花间派的传统，又受到五代词人的影响，他结合自己独特的身世遭遇和艺术修养，一扫词娱乐消遣、描述他人的工具身份，使其成为展现真实生命、抒发自我情感的文体。

李煜饱含真切感情的词作给后代文人以莫大的启示，苏轼、辛弃疾等词人由此领悟到原来词除了歌唱大众情怀，还可以吟咏自我的心声。李煜的词，取得了极富独创性的艺术成就，开辟了词史发展的新方向。

本书选录的词作皆参考《全唐五代词》（中华书局 1999 年版）和《李煜词集》（上海古籍出版社 2019 年版）。李煜存疑词参考《李煜词全鉴》（中国纺织出版社 2019 年版）。在此一并表示感谢。

另外，书中附录李煜诗、南唐中主李璟词及李煜词集评，供大家阅读、欣赏。

书中难免存在错谬之处，敬请批评指正！

编者

2024 年 8 月

李煜小传

公元937年七月初七，在金陵城的一座王府里，一个婴儿呱呱坠地。这位新生儿就是李煜。

同年，其祖父李昇称帝。李煜生活的时代，正是中原从盛唐跌落，四分五裂后又重新走向统一的时代。那个年代充满了刀光剑影、弱肉强食。

李煜七岁时，其祖父去世，其父亲李璟继位，史称南唐中主。李璟登基时，曾在李昇灵前发誓，将来要将皇位传给兄弟，也就是李煜的叔叔——晋王李景遂。李景遂被封为皇太弟后，屡次上表请辞，李璟在公元958年改立嫡长子李弘翼为太子，史称"文献太子"。

据陆游《南唐书》记载："从嘉广颡丰额骈齿，一目重瞳子。文献太子恶其奇表，从嘉避祸，惟覃思经籍。"在信奉君权神授的时代，李煜的异相引起了李弘翼的忌惮。为了避祸，李煜通过各种方式向兄长表明，自己对皇权毫无兴趣，甚至过起了隐士的生活。

在文学艺术的海洋中，李煜找到了精神家园，他给自己取了一堆别号，如"莲峰居士""钟山隐士"等。

在避祸的那段时间，李煜尽情挥洒自己的艺术才华，也让他的天性得以释放。

可惜，这种自由的日子没能持续太久。公元959年，在晋王李景遂过世近一年后，太子李弘翼暴毙。叔父和其他几位兄长先后去世，李煜被封吴王，入主东宫。

公元961年，二十五岁的李煜即位，史称南唐后主。就在李煜即位的前一年，赵匡胤发动陈桥兵变，建立宋朝。李煜当了皇帝之后，便给北方的宋朝写了一封《即位上宋太祖表》，表示自己愿意自降身份，接受太祖册封，只求能保住南唐这份祖宗基业，在北宋羽翼之下偏安江南即可。同时李煜倾尽全国财富，不断向宋朝增加岁贡。

李煜既不想把江山拱手相送，也无力抵抗来自北方宋朝的威胁，在愁闷中，他将目光移向了宫廷中的笙歌宴饮。

公元954年，李煜十八岁，遵从父母之命娶开国老臣周宗的长女娥皇为妻，史称大周后。

据史料记载，娥皇容貌艳丽，通书史、善歌舞，与同样精通诗词音律的李煜情投意合、感情浓厚。夫妻二人重新整理了失传的《霓裳羽衣曲》，并常于宫廷演奏。婚后的十年间，娥皇集万千宠爱于一身，并为李煜生下两子。李煜对大周后的感情真挚又持久，但这不妨碍他同时是一个多情种。公元964年，娥皇突然病倒，其妹入宫探望，李煜得见，迅速与其坠入热恋，还用一首词记录了他们的偷情场景。

不久，娥皇病逝，同一年，他们的幼子仲宣夭折。大周后去世五年后，李煜娶了大周后之妹，史称小周后。

李煜当政期间，南唐国内政治纷争、社会矛盾积重难返，对北宋缴纳的高额岁贡又转嫁到普通百姓的身上，民间更是怨声载道。政治上的无能、国事上的无力，使李煜始终都不愿面对南唐的烂摊子，而是将更多的时间和精力放在宫廷生活和男女情爱之上，终日流连于胭脂丛之中，和妃嫔宫女把酒放歌，吟诗作对。

面对强大的宋朝，李煜不断送钱、送物，只希望能偏安一隅。李煜的弟弟李从善去往汴京后，被赵匡胤长期扣留，李煜多次上表请求让弟弟南归，均遭到拒绝。公元974年，北宋终于完成对南方诸多小国的征伐，当年九月，赵匡胤以李煜多次抗命不入汴梁朝觐为名，发兵十余万，三路并进，趋攻南唐。第二年，即公元975年十一月二十七日，金陵沦陷，李煜率领亲属官员肉袒到城外投降。

公元976年春，李煜被押往汴京，赵匡胤恼火于他的抵抗，封其为带有嘲讽意味的"违命侯"。

李煜是一个多愁善感的亡国之君，又是一个才华横溢的词人，在愁苦无法排遣之时，他将亡国的屈辱和悲痛，以及对故国的无尽思念，全部化作了笔下一篇篇摧人心肝的诗词作品。

赵匡胤主政期间，李煜虽然失去自由，但起码是个衣食无忧的富贵闲人，人格尊严和生命安全也还有基本的保障。然而造化再三弄人，公元976年，赵匡胤驾崩，其弟赵光义登基，而李煜的人生也随之跌入了更加黑暗的深渊。心机深沉、心狠手辣的赵光义对这个曾经的一国之君充满了戒备和防范，他下诏废除李煜的爵位，改封陇西郡公。

在监视李煜一举一动的同时，也觊觎着李煜之妻，即美貌绝色的小周后。

据宋人记载，太平兴国三年（978年）的上元佳节，按照北宋规制，命妇均要入宫庆贺，而小周后此时入宫，直到正月将尽才得以出宫，回到宅第更是放声痛哭。

色欲熏心的赵光义，竟然不顾君臣礼仪，强行玷污了小周后，不仅如此，还厚颜无耻地命宫廷画师将施暴的过程现场记录，描摹成画。

在国破家亡及尊严被一次次践踏的情况下，李煜将血泪化作词章，他的创作水平也达到巅峰状态。

北宋太平兴国三年（978）七月初七，李煜四十二岁生日。当晚，李煜的后妃们都聚在一起，为他举办生日宴。酒酣耳热之际，一群失意之人又谈到了江南的故国，李煜触景生情，写下了千古绝唱《虞美人》。据宋人记载，赵光义听闻词的内容后，杀心顿起，他命弟弟赵光美前去给李煜祝寿，并赐下一壶有牵机药的毒酒。

李煜死后，赵光义假意赠以太师头衔，又追封吴王，厚葬于洛阳北邙山。

李煜的词，历史上多次遗失，目前学术界认定的有30多首。

经历天崩地裂的人生巨变，深陷国破家亡的痛苦深渊，李煜直面人生长恨、命运无常，用血泪写就的词作千百年来始终与人类普遍的情感共鸣。

目录

卷一　李煜词

卷二　李煜存疑词

附录一　李煜诗

附录二　李璟词

附录三　李煜词集评

卷一　李煜词

虞美人（春花秋月何时了）

春花秋月何时了，往事知多少。小楼昨夜又东风，故国不堪回首月明中。

雕栏玉砌应犹在，只是朱颜改，问君能有几多愁？恰似一江春水向东流。

译文

春花年年开放，秋月年年升起，时光什么时候才能了结呢？在过去的岁月里，有太多伤心的事情。我居住的小楼里昨夜又吹起了东风。在这皓月当空的夜晚，我怎承受得了回忆故国的伤痛？

金陵城里精雕细刻的栏杆、玉石砌成的台阶应该还都在吧，只不过住在里面的人已经换了。你问我愁怨有多少？大概就如同东流的滔滔春水一样，无穷无尽。

鉴赏

多数人认为这是李煜的绝命词。据记载，当时李煜被囚禁在汴京已近三年。相传李煜于七月七日生日当晚，在住处命歌妓作乐唱此词，赵光义知道后，遂赐毒药将他毒死。

这是李煜所写的一首感怀故国的词。李煜以形象的比喻、悲愤的情怀、诘问的口气将亡国之君的悲痛抒发到极致。

春花秋月本是人们非常喜爱的人间美景，可李煜却与大多数人相反，因其被囚禁后的生活遭遇，他希望春花不再开放，秋月不再圆满。一见到春花秋月，他就不由得想起曾经幸福美好的生活，回忆越是美好，现实越是残酷。然而春花秋月是永恒的、不变的，不会因他的伤心而不复存在。紧接着李煜用一个疑问句

"往事知多少"来表达此时他内心的悔恨和悲伤。"往事"是已消逝的、往而不返的，过去再幸福欢乐，也不会再回来。据史书记载，李煜当国君时，每日纵情声色，不理朝政。透过这句不难看出，这位从显赫的国君沦为阶下囚的南唐后主，此刻心中不只是悲苦愤慨，更有悔恨之意。俞平伯在《读词偶得》中评价此句"奇语劈空而下"。小楼昨夜的东风告知李煜春天来了，一个"又"字生动形象地写出了春天带给李煜的痛苦是让他难以忍受的，同时暗示他又苟活了一年。

　　下片回首故国的情景，是想象之词。故国的江山依旧壮丽，宫殿的雕栏玉砌也还在，回首故国让他满心伤痛。"朱颜"不仅指往日宫中的红粉佳人，也象征着曾经的美好生活。以上六句隔句相呼应，春花秋月之永恒不变对比人世间"往事"的短暂无常，"东风"呼应"春花"，"不堪回首"呼应"往事知多少"，"雕栏玉砌应犹在"与"朱颜改"两相对比。这六句中，"何时了""又东风""应犹在"都说的是宇宙永恒不变；而"往事知多少""不堪回首""朱颜改"指的是人生的短暂无常。用宇宙的永恒不变与人生短暂无常作对比，富有哲理，尽显作者境界的雄伟和广阔。

　　最后两句以问答的形式写出，加倍突出一个"愁"字，将"愁"具象化，化作"一江春水"。作者内心的愁不仅悠长深远，而且汹涌翻腾。

　　全词以明净、凝练、优美、清新的语言，运用比喻、对比、设问等修辞手法，淋漓尽致地表达了作者的真情实感。

　　王国维在《人间词话》里评价李煜的词："后主之词，真所谓以血书者也。"由此可见，李煜写词时诉尽平生的肺腑之情，字字句句都是和着血泪写成的，因此，他的词才能在千百年来引起读者的强烈共鸣。

乌夜啼（昨夜风兼雨）

　　昨夜风兼雨，帘帏飒飒秋声。烛残漏断频欹枕，起坐不能平。

　　世事漫随流水，算来梦里浮生。醉乡路稳宜频到，此外不堪行。

译文

　　昨夜风雨交加，遮窗的帐子被风吹得飒飒响，蜡烛燃烧得所剩无几，漏壶中水也快漏尽，深夜时分我多次起来斜靠在枕头上，仍是辗转难眠，无心入睡，不管是躺下还是坐起来思绪都不能够平稳。

　　世事如同流水东逝，生命短暂得仿佛一场梦，以前荣华富贵的生活已一去不复返了。既然酒醉后的道路平坦安稳，就适合常到那里去，别的地方不能去。

鉴赏

　　这首词是李煜亡国之后被囚禁于汴京时所作，是一首秋夜抒怀的作品，反映了他被俘后的生活，抒发了李煜被俘后的忧愁痛苦。

　　上片以倒叙的方式开篇，写"昨夜"风雨交加，风雨声和其他声音阵阵传入帘内，构成一种凄凉的氛围。"风兼雨"与"飒飒秋声"相对应，渲染了主人公愁苦烦闷的心境，同时暗示了主人公的处境十分凶险。在这种凄凉寒苦的景色中，主人公的心境可想而知。之所以说"昨夜"，还有一种不堪回首的感触在其中。这里虽然是写景，但主人公的形象，尤其是他彷徨的心情隐然可见。"残烛"二句由室外转入室内，室内残烛摇曳，光线昏暗，深夜时分主人公还无法入睡。窗外的风雨仿佛都在敲打主人公的内心，使其苦楚倍增。主人公心里的烦闷无处排解，"起"也挥之不去，"坐"也无法平静。这两个动作传神地写出了失眠人无法平静的心境。上片以写景为主，但事实上主人公那种愁思如潮、抑郁满怀的心情已淋漓尽致地表现了出来，深沉而又真切。

下片转入沉思，抒发主人公的切肤之痛和人生感慨。这是"起坐不能平"的原因，也是其思前想后的结论。一个"漫"字准确地传达了词人的万千思绪。"算来"二字既说明这是主人公总结、回顾了自己的过去得出的结论，也传达出主人公那种迷惘、无奈的心情。回想自己的一生，南唐早已土崩瓦解，曾经拥有的一切辉煌和幸福都被剥夺。人生就如流水一去不复返，好似一场大梦。梦有三个特点：短暂、不可把握、易变，所谓"梦里浮生"，是对人生命运的短暂、不可控、易变的概括。一个"稳"字，点出了主人公危险的处境。李煜对人生的悲剧及其不可控有着深刻的理解和感悟，他被俘后写的词都是从心灵深处流淌出的一首首人生悲歌。这世上只有醉乡的路才是平稳的，言外之意，除了借酒消愁，主人公对人生已不抱任何希望。由此可以看出他心中的苦闷。可"醉乡路"又在哪儿？真有所谓的"醉乡路"吗？写到这里，李煜的悲伤情绪已经到了极点。

全词比较鲜明地体现了李煜对人生的感悟，细节传神、情感真实、清新自然。在这首词中，李煜对自己的苦痛毫不掩饰，把自己的人生感慨明白写出，不假饰、不矫情，简洁质朴，有非常高的艺术价值。

唐圭璋在《唐宋词简释》评论李煜的词："后主词气象升朗，堂庑广大，悲天悯人之怀，随处流露。"因为自己特殊的人生经历，李煜对人生命运的悲剧，以及悲剧的不可避免有深刻的体验，他对未来早已失去信心，在现实中又找不到解脱的办法，只好遁入醉梦，以求得到暂时的解脱和忘怀。意识到人生的悲剧，却没有办法改变，这是李煜的又一大人生悲剧。

一斛珠（晓妆初过）

晓妆初过，沉檀轻注些儿个。向人微露丁香颗，一曲清歌，暂引樱桃破。

罗袖裛残殷色可，杯深旋被香醪涴。绣床斜凭娇无那，烂嚼红茸，笑向檀郎唾。

译文

早起梳妆过后，在唇上点一抹沉檀色的红膏。美人轻启朱唇，露出洁白的牙齿。微张樱桃小口，唱出一曲清亮的歌。淡褐色的丝织衣袖上，残留几分香熏过的气味。

杯子太深，没料到还剩有酒未喝完，不小心溅出来，弄脏了衣袖。美人娇媚可爱地斜躺在绣床上，口中嚼着绒线，一边笑一边把绒线向檀郎吐去。

鉴赏

一斛珠为词牌名，原为唐教坊曲的曲名。将这首曲子改为词牌，乃是李煜首创。

全词共分为四个画面。第一个画面写美人晨起梳妆的场面。南唐宫廷对妃嫔和宫女的要求很高，早妆和晚妆要有区别，妆容要配合一天的时辰、光线、场合、等级等。早妆通常淡雅，晚装则浓重一点。早晨美人梳洗打扮，因早妆要淡雅而较少地涂抹了口红。

第二幅画面展示了美人唱歌时的媚态。美人含笑还未开唱，先向檀郎微露牙齿。宴会开始，美人张开娇小红润的嘴唇，优美清唱。

第三幅画面写美人饮酒的姿态。初饮时因酒斟得太满而溢出，美人忙用衣袖去擦，衣袖又印上了口红。及至深杯大口饮时，口红被酒水弄褪了色。此二句将宴会的热闹和美人醉酒的情态描写得淋漓尽致。"罗袖"一句表明宴会已开始很久，而美人因为内心的欢愉，使容貌更加娇媚动人。"杯深"一句则点出了美人因与情郎相会，内心欢愉而贪杯。

第四幅画面是全词的亮点，美人醉酒后，娇媚地斜靠在绣床上，含情脉脉地望着檀郎，把嚼烂的红茸，笑着吐向心上人。一"嚼"一"吐"两个动作，把一个大胆放纵又可爱娇艳的美人活脱脱地描写了出来。

读者可以把这个画面想象成四个影视剧镜头。李煜就像是导演，从四个不同的角度，围绕美人的口部来安排表演动作。整篇词中，李煜都把镜头对准了"口"，美人的音容笑貌、神情媚姿全都与"口"相联，对"口"的描写十分细致、生动，一个美丽可爱的美人的形象跃然纸上，情趣盎然。

湖南师范大学文学院博士生导师赵晓岚教授认为，此词描写的是李煜与大周后的闺房乐趣。她在《百家讲坛》栏目里谈到，李煜与大周后虽为政治联姻，但大周后不仅国色天香，而且才艺非凡。夫妻二人有着相同的艺术追求，这种心有灵犀的和谐，让李煜忘记了苦闷的现实生活，沉浸在炽热的爱情中，过着"只羡鸳鸯不羡仙"的生活。

明代潘游龙在《古今诗余醉》里评价这首词："描画精细，绝是一篇上好小题文字。"

整首词以写美人的口为主，以美人的姿态服饰为衬托，刻画出这位美人的"小儿女情态"。词人对美人的服饰颜色、音容笑貌，均进行了精细描画。

子夜歌（人生愁恨何能免）

人生愁恨何能免，销魂独我情何限！故国梦重归，觉来双泪垂。

高楼谁与上？长记秋晴望。往事已成空，还如一梦中。

译文

人生的愁恨怎能免得了？同是愁恨，为何只有我被折磨得蚀掉了魂魄，悲伤太多了！我梦见自己重回故国，一觉醒来双泪垂落。

如今谁还能与我一起登高望远呢，还记得在那晴朗的秋天登高眺望。往事已经成空，就仿佛在梦中。

鉴赏

这首词涉及人生的重大问题。开始两句，便将古今往来之人以及自己的一生加以概括，提出人生无法免于愁恨的观点。人生在世，总会有愁有恨，这是词人自我安慰、自我解脱的说辞。"愁"是自哀，也是自怜，是囚居生活的无奈心情。"恨"是自伤，也是自悔，是自己亡国之后的无限追悔。也正因有如此"愁恨"，词人才发出"销魂独我情何限"的感慨，而句中"独我"语气透切，词意更进，表现了词人深切体会的一种特殊的悲哀和绝望。"销魂"指因受过度刺激而神情恍惚，如魂魄离体，这里用来形容极度痛苦的状态。"何限"理解为无限，这一句表明词人的愁恨非常强烈，世上没有人像他这般痛苦。"故国梦重归"把前两句关于愁恨的感慨进一步具体化和个人化。李煜作为亡国之君，自然对自己的故国有不可割舍的情感，所以定会朝思夜想。可是事非昨日，人非当年，过去的欢乐和荣华只能在梦中重现，而这种重现带给李煜的只能是悲愁无限。在梦中，李煜又回到自己的故国，可醒来依旧要面对阶下之囚的悲惨境遇。"觉来双泪垂"不仅是故国重游的愁思万端，而且还有现实情境的孤苦无奈。由万人之上跌落到最下层，这是多么强烈的对比！这种今昔对比深深刺痛了词人的心。这说明词人无时无刻不在思念故国，梦里越是欢乐，醒来就越痛苦，所以词人无时无刻不在陷入极度的悲痛。

接着词人写自己的苦楚，回忆往昔与美人赏秋景的场景，那时的自己意气风发，而如今只能自己独上高楼"秋空晴望"。这两句是对昨夜梦回故国梦境的具体说明。"高楼谁与上"用反问来表示否定。词人梦到的，并不一定只有登楼一事，也许还有很多其他的回忆。"长记秋晴望"，实是一种无可奈何的哀鸣。现实中的无奈总让人有一种空虚之感，人生的苦痛也总给人一种不堪回首的刺激，所以词人才有"往事已成空，还如一梦中"的感慨。在现实中，"往事"真的"成空"，但这种现实却是词人最不愿看到的，他希望这现实同样是一场梦。"如一梦"不是词人的清醒，而是他的迷惘，这种迷惘中有太多的无奈，以此作结，突显了全词的意境。

唐圭璋评价这首词："此首思故国，不假采饰，纯用白描。但句句重大，一往情深。"

全词以"梦"为中心，笔意直白，用心挚真。全词八句，句句如白话入诗，以歌代哭，不事雕琢，用情真挚。全词有感慨，有追忆，有无奈，有悲苦，这一切因其情真意深而感人不浅，也因其自然流露而愈显曲致婉转。

临江仙（樱桃落尽春归去）

樱桃落尽春归去，蝶翻金粉双飞。子规啼月小楼西，画帘珠箔，惆怅卷金泥。

门巷寂寥人去后，望残烟草低迷。炉香闲袅凤凰儿，空持罗带，回首恨依依。

译文

当樱桃落尽之时，春天已经逝去，只有蝴蝶还翻飞着翅膀双双飞舞。小楼西边杜鹃鸟在月光下啼鸣，用画装饰珠帘，失意和伤感卷裹着金屑。

人群散去之后，门庭巷口一片冷清，只见袅袅残烟草色迷离。炉子里的香烟随风轻轻摆动，闲绕着香炉上的凤凰绘饰。心不在焉地持着丝带，回首往事，离恨依依。

鉴赏

这首词作于公元975年宋军围城时。李煜借怨妇之口表达自己的无奈和愁恨。全词处处透露着萎靡不振的情绪，悲叹之声近乎哀鸣，读者从中可以看出词人对大祸临头的恐惧。

词的上片主要是写主人公独处伤怀之情。首句写景，点明时间、环境，营造出了一种春尽无归的氛围，暗示着主人公伤春怀忧的情感，也昭示出全词的主旨。"蝶翻"句是反写，眼中所见之活泼欢快，映衬出主人公内心的孤苦无奈。"子规啼月小楼西"，有听觉、有视觉，而且点明时间已是夜半之后，主人公却依旧难以入眠，显然是愁思纷扰。词人连用"樱桃落尽"和"蝶翻金粉"两个物象，写尽春天繁华的凋零和消逝。"子规啼血"和"樱桃落尽"这两个词语既点出了时间是春天，又表明春天即将过去，暗示南唐王朝的辉煌即将过去。

下片承上片而写，一腔心事虽未直言，但孤苦伶仃之意已跃然纸上。人已经散去，门巷之中一片冷清。时间更晚了，远望只见芳草萋萋、烟雾迷蒙，其失落和惆怅，都包含中。"望残烟草低迷"，具体、形象、生动，赋予了前句的"寂寥"更鲜活的内容。一炉香烟，正袅袅娜娜地上升，更加撩拨了主人公此时的愁怨。"炉香"写暗夜空室的实景，由外转内，由远及近，说明了主人公的情迷意乱，而室内的景色比"门巷"更"寂寥"，"闲袅""空持"使一个孤苦无依、忧思无解的形象跃然纸上。罗带是永结同心的象征，而如今罗带还在，身边却已空空，自然地结出"回首恨依依"一句，无限余韵，尽在这一句之中。

全词写景娓娓道来，全词意境皆由"恨"生，并由"恨"止。在写法上是虚实相生、内外结合，时空转换自然、顺畅，直抒胸臆却不失含蓄，柔声倾诉却极其哀婉动人，陈廷焯在《词则·别调集》中评价道："低回留恋，宛转可怜，伤心语，不忍卒读。"

望江南（多少恨）

多少恨，昨夜梦魂中。还似旧时游上苑，车如流水马如龙。花月正春风。

译文

有多少遗恨呀，都在昨夜的梦魂中。梦中感觉还像昔日在上林苑赏春一样，车辆接连不断像流水一样驰过，马匹络绎不绝像一条条龙一样走动。现在正好是花好月圆的的春天。

鉴赏

望江南为词牌名，也叫谢秋娘。据《乐府杂录》记载，这个词牌名是唐代李德裕为逝去的姬妾谢秋娘所作，白居易将其改为忆江南，后温庭筠又易其名为望江南。

这首词是李煜被俘之后所作。现实中痛苦太多，李煜只有通过回忆往昔的欢愉时光才能获得一点慰藉，于是就有了这首词。

开篇直抒胸臆，"多少恨"下笔突兀，如闻其声，令读者不觉一惊。"昨夜梦魂中"，说明词人的满腔悲愤源于昨晚的一场梦。词人所恨的并不是昨夜梦中的那些事，因为梦中的美好是他时时眷恋的。梦醒之后面对残酷的现实，使他倍感难过，所以怨恨起昨夜的梦。既然是梦境，所以词人用"还似"来点名。开头两句看似直写，却不乏萦绕、回旋之意，表现了沉郁、忧愁之感。紧接着词人描写梦中的情景，旧时在上林苑中赏玩，香车宝马，凤舆鸾驾，你来我往，连绵数里，一派繁华的景象。春风和煦、月明如水，在花好月圆之夜，游人兴致勃勃，完全忘记了归去。"花月"和"春风"中间加一个"正"字，不仅点名游玩的时间非常合适，还暗示了游人兴致正浓。最后以一句"花月正春风"结尾，将游玩推向高潮，但全词却偏偏在这里戛然而止。读者面对这个陡然的结尾难免会有期待突然落空的感觉，但是回头细看开篇，才发现原来词人的"恨"就隐藏在这样一片繁华景色当中。

词以梦中故国的欢乐反衬现实生活的痛苦，达到以乐境写哀情的艺术效果。开篇的"多少恨"三字，包含许多遗憾、悔恨、无奈。

从表面看，这首词描写了昔日故国繁华的场面，词人对此的怀念，实则是想要表达自己如今处境的凄凉。开头"多少恨"三字虚点，但词人并没有对现实生活作描写，而是通过梦中美好生活进行有力的反衬。曾经"车如流水马如龙"的景象已一去不复返，所以梦境越是繁华热闹，梦醒后的悲哀便越是浓重；对旧日美好的眷恋越深，今日处境的凄凉越难熬。

陈廷焯评论这首词："后主词一片忧思，当领会于声调之外，君人而为此词欲不亡国也得乎？"所以，在读这首词时，应该在"声调之外"，即在昔日的繁华之外领会李煜没有说出的"一片忧思"。

全词仅五句二十七字，却内容丰富、寓意深刻。作者以反写正，以乐写悲，以欢情写凄苦，昔日与今朝形成鲜明对比，蕴含了极深的用意。全词一笔即成，直叙深情，是一首情辞俱佳的小词。

望江南（多少泪）

多少泪，断脸复横颐。心事莫将和泪说，凤笙休向泪时吹。肠断更无疑！

译文

有多少泪，才刚拭去转眼又泪流满面。千万不要在流泪的时候诉说心事，也不要在演奏乐器的时候流泪，否则会伤心得肝肠寸断了。

鉴赏

李煜被俘后，生活急转直下，整日愁容满面。从昔日高高在上的帝王，到如今失去人身自由的阶下之囚，还面临着随时失去生命的危险。更为屈辱的是，妻子小周后常被宋太宗胁迫进宫陪侍。可他却无力抗争，只能用泪水洗刷心头的剧痛。

全词以泪开头，而且全篇连说三个泪字，可见其内心痛苦之深。"断脸复横颐"写眼泪纵横交流的样子。泪水流得太多，使得面容一片模糊，"横"和"断"二字将痛苦之状刻画得入木三分。"复"字更加突出了泪水连绵不断的样子。这首与《望江南（多少恨）》大不相同。《望江南（多少恨）》是恨由梦生，而这首词从正面刻画，写泪水纵横交流于脸颊，面对现实的痛苦，词人无处排遣，只得日日以泪洗面。心中的痛苦能向谁诉说呢？和着眼泪，不说也罢；流泪之时不要吹凤箫，因为这样只会让心里的痛加重。泪可以流，但"心事"却不可说，这里的不可说包括两方面：一是满腔悔恨无法说，二是故国情怀不能说，亡国之恨、囚禁之苦跃然纸上。不但"心事"不可说，连往日寄托情思的凤箫也不能吹起，这种痛苦和不自由非常残酷。古人常有"只将心思付瑶琴"之意，而词人却连这一点奢望都不敢有。况且，凤笙向来为欢歌之用，此时吹奏，对词人来说只会徒增伤感，所以一句"休向"，使作者的幽居无奈中又多添了几分不堪回首的痛苦。于是"肠断更无疑"是唯一的结局了。"莫将"和"休向"看似实在劝诫他人，其实是词人在提醒自己。如果真要和泪而说，含泪而吹，那肯定会肝肠寸断。词人既是在劝自己，也是劝他人，但是很明显，他并没有说服自己。唐圭璋在《唐宋词简释》中写道："'肠断'一句，承上说明心中悲哀，更见人间欢乐，于己无分，而苟延残喘，亦无多日，真伤心垂绝之音也。"

同样写悲痛，这首与前一首完全不同。前一首以乐景写哀情，其哀倍增，而这首词"直揭哀音，凄厉已极。诚有类夫春夜空山，杜鹃啼血也"（唐圭璋《唐宋词简释》）。

整首词以内心独白的方式表达了词人无尽的哀愁，情真意切。开篇如一幅自画像，已见沉痛之感，满腔痛苦无人诉说，于是自我告诫，别说了，说了也无用。既然无人可说，那就用吹笙来排解吧，可笙又怎么能排解得了这沉重的孤独？由此可见词人内心曲折的心理活动，在不断地否定中展现人生的悲剧。这首词直接写了作者深沉的痛苦，描摹细致，语言直朴，较"多少恨"有更直入人心的感染力。

清平乐（别来春半）

别来春半，触目愁肠断。砌下落梅如雪乱，拂了一身还满。

雁来音信无凭，路遥归梦难成。离恨恰如春草，更行更远还生。

自从分别以来，春天已过去一半。目之所及的任何美景都只让我感到愁肠寸断。台阶下落了一地的梅花，零乱似雪花，刚刚把身上的梅花抖落，又落满了一身。

大雁已经飞回来，但是却没有捎来你的书信。路途遥远，回家的梦也难以实现。离别的愁恨像这春草一样，离家越远，生得就越多，越无法停止。

公元 971 年，李煜派弟弟李从善前往宋朝进贡，而李从善被扣留在汴京。李煜多次上表请求宋太祖让弟弟回国，但都被拒绝。这首词便作于李从善入汴京的第二年，除夕已过，可弟弟仍未归来，这让李煜的思念越发浓厚，只得将满腔思念之情藏进笔墨。

上片词中，作者直抒胸臆，将自己的忧愁与悲伤点出。一个"别"字，是起因，也是点题，单刀直入，紧扣人心。这里的"春半"，后人有两种解释，一是说春天已过半，二是说李煜与弟弟已分别半春之久。接着词人抒发离别之情，眼前的大好春光，只会触动人的情思，勾起无限美好的往事，对比如今的情况，难免会生出物是人非之感。这一句是词人浓厚的思念之情的宣泄，为整首词奠定了哀婉的基调。

接下来词人因为"触目"而连接到"砌下"，落梅如雪，是"触目"所见。梅花如雪说明落梅之多，而"拂"这个动作有两层含义，一是表现出梅花凋零速度之快，有无法抵挡之势。落梅拂去又来，愁苦也愈来愈深重。二是词人想抑制自己的思绪。但一个"满"字，把词人那种无奈之苦、企盼之情、思念之深刻画得至真至实。"乱"既写出了风吹落梅的迷蒙状态，更暗喻词人的心乱如麻。词人巧妙地将感时伤别的抽象愁绪与大自然融为一体，构成一个天真纯情的艺术造型。

下片加倍写出离愁。在古代有大雁传书的故事。词人眼见大雁从南方飞来，心头顿时升起一丝希望，也许大雁能带来亲人的消息。可词人等待半天也无音讯。大雁传书不可能，主人公又想在梦中与亲人相会。但路途实在是太遥远了，恐怕他的亲人在梦中也难以回来。这句看似违背常理，却恰恰说明了愁深。人在做梦时无所谓路途远近，任何地方都可以到达，但词人却说路途遥远归梦难成，可见其思念有多深沉。一连串的希望、期待都彻底成空，人生的痛苦如斯，怎一个"愁"字说得透彻。

　　最后两句把离愁别绪比作绵绵不断的春草，贴切自然，韵味悠长。"春草"既是喻象，又是景象，更是心象。随着它的"更行更远"，人的视野和时空的距离也被拓开。人走得愈远，空间的距离就拉得愈大，春草也就蔓延得更广。词人的满腔离愁别绪也就无可言状了。俞平伯评价此句："更行更远还生，以短语一波三折，句法之变换，直与春水春草之姿态韵味融成一片，外体物情，内抒心象，岂独妙肖，谓之入神可也。"

　　这首词想象丰富、新奇，语言自然流畅，唐圭璋在《唐宋词简释》中评价道："此首即景生情，妙在无一字一句之雕琢，纯是自然流露，丰神秀绝。"全词以离愁别恨为中心，上下两片浑成一体而又层层递进，感情的抒发和情绪的渲染都十分到位。词人手法自然，笔力透彻，尤其在喻象上独到而别致，使这首词具备了不同凡品的艺术魅力。

采桑子（亭前春逐红英尽）

亭前春逐红英尽，舞态徘徊。细雨霏微，不放双眉时暂开。

绿窗冷静芳音断，香印成灰。可奈情怀，欲睡朦胧入梦来。

译文

亭前红花飘落，春天随着随着花儿过去了，满院花儿飘落的姿态优雅，好像翩翩起舞，花儿不忍归去，似乎在徘徊彷徨。细雨霏霏，我紧锁的双眉此时也展开了。

没有远方的佳音，独守绿色窗棂，冷冷清清，空空寂寂，香印渐渐烧成了灰烬。心中的思念无可奈何，昏然欲睡时，思念的人儿朦胧中进入梦境。

鉴赏

近代词人陈廷焯将这首词确定为幽怨之词。词人运用白描的手法写尽相思之情。上片写户外景色，细雨纷飞、落花飘零，营造出一种感伤的情绪氛围。春光逝去本是自然规律，但用一"逐"字，仿佛春天有意追逐落花而去，写出了春光流逝的速度之快。双眉紧蹙，本来是静态的形象，用"不放"二字，仿佛故意不让双眉舒展，比静态的描写更有韵味。"春逐红英"和"舞态徘徊"都是写暮春的景象，是主人公伫立"庭前"所见。"亭前"一句写"春逐红英尽"是拟人，实际上是词人在描写自己。"舞态徘徊"看似写落花，实际上是主人公内心的情思纷扰，无法平复。一个"徘徊"明是写花，暗是写春，尤其是写主人公心中的思念徘徊。第三句继续描写窗外的景色,漫天的细雨下个不停。"细雨"不仅打湿了落花,而且打湿了主人公的思念,所以主人公才愁眉不展。"细雨霏微"也是江南暮春的典型景象。景是实景,但又能恰如其分地表现词人的烦恼愁绪。接着写人物的双眉不展,表现其触景伤情。"不放"一句形象地写出少妇的愁思是那么浓郁而又沉重。晚春时节的花哪里经得起东风的摧残,更何况又加上春雨的打击呢?"不放双眉时暂开"就是愁绪满怀的形象的说法。

下片写室内情景。起首两句"绿窗冷静芳音断,香印成灰"继续描写环境,从环境的寂静中体现主人公的孤寂心情。"绿窗冷静"是承上片的环境描写而转写主人公的自身境况。暮春时节,花落雨潺,主人公一个人独守在空荡荡的闺房之中,营造出一种凄清冷寂的氛围,但是这些并不是主人公忧思不断的真正原因,真正的原因是"芳音断"。冷清平添愁苦,而"芳音断"则愁苦更浓。"香印成灰"看起来是写景,实际上是写人,"成灰"既有时间的概念,也有心情的感慨,这里少妇的心境似乎也同"香印"一起有"成灰"之感,其愁思苦闷之情不可谓不深。"可奈情怀"近乎白话,同后句一起直接描写,突出了主人公无可奈何的心情,也暗点了主人公百无聊赖的困境,虽然直白,但却言浅意深,把少妇那种梦寐以求的怀思之情准确地表现了出来。思念之人久久没有音讯,主人公便想在梦中与他相会。现实生活中满足不了的愿望,只得寄托于梦中,引发了读者对主人公的无限同情。

整首词采用了象征与暗示的手法,凭借着充满情感的词句,表达了主人公对于爱情的不舍与追求。词中通过对自然景物的描绘,抒发了主人公内心的纠结与痛楚。整首词读来如诉如泣,给人以深深的感动。

喜迁莺（晓月坠）

晓月坠，宿云微，无语枕频欹。梦回芳草思依依，天远雁声稀。

啼莺散，余花乱，寂寞画堂深院。片红休扫尽从伊，留待舞人归。

译文

清晨时分，月亮慢慢落下，云雾也渐渐消散。沉默无言中倚靠着枕头躺在床上。昨晚又梦到了思念的人，午夜醒来思念越发浓厚，再也无法入睡。依稀听到远方大雁的叫声。

鸟声飞散，晚春的花朵也纷乱。画堂深院，更添了离人的寂寞愁绪。见到庭前的落花，不禁想，就这样不要打扫落花，任由它飘落在庭前，等待我思念的人回来看。

鉴赏

这首词描写了主人公对所爱之人的思念。词的基调缠绵悱恻、一往情深。前半阕写梦回初醒，心绪难安，回想梦中的情景更加惆怅。后半阕写凄清的暮春景色中主人公孤寂的心理。有人认为，这首词是李煜写给已逝的大周后娥皇的，从整首词的哀婉情调来看，颇为可信。

开篇两个镜头既写外面的景色，同时点明时间。接着镜头转回室内，主人公在床上沉默不语，斜倚枕上，辗转反侧。室外和室内两组镜头叠映之后产生了新的意蕴，表明主人公彻夜未眠。"频欹"指一再地倾侧，可见主人公内心是多么烦乱。前三句是实景，后两句为虚景，画面转入朦胧梦境，主人公情意绵绵地在芳草地追逐心上人，奈何天远地长，人既不见，就连天边的大雁也愈行愈远。在古代诗词中，大雁常用来指代传书信，代表思念。鸿雁飞来，也许会带来心上人的书信，而鸿雁远去，留下的只有失望。这两句将主人公入梦又梦醒的全过程及心理状态都描写了出来。拂晓时分，梦中的景象还残存在脑海，让人感到哀婉凄迷。"芳草"在古典诗词中常用来指代离愁别恨。

下片转入实景，分别从听觉和视觉两方面进行描写。室外黄莺婉转歌唱，搅乱了清梦。主人公开窗见室外花乱，暗示了他心情的凌乱与失望。镜头在室内和院子来回切换，展现的尽是空荡与寂寞。"片红休扫"再次表现了主人公的失望和忧愁，自己既然无人关爱，也就无心管花落花开。"啼莺"接上面"雁声"，"馀花"对应"芳草"，"画堂深院"是梦寄情的地方。结尾两句将"尽从伊"与"舞人归"这两种不协调的意象融合在一起，不仅加深了伤春之情，还寄予了一种美好的希望，保留下花瓣铺成的天然地毯，总有一天，"舞人"会归来，重新跳起优美的舞蹈。"片红"满地很寻常，"休扫"便进了一层；"舞人归"则把远景摄入近景。词人以"啼莺"之实景唤起春情，结束于"舞人归"的虚像，以此填补梦中的空白，回应了"梦回"的失落，表达了思念之情。为什么不让扫落花呢？一是为了留给思念的人看，二是为了引起爱人的惜花之情，希望能通过此景感动对方，让对方不再远离。可是"舞人"已逝，不可能再回来，悼亡之情溢于言表。

"晓月"是高景，用一"坠"字使之下沉；"宿云"是大景，用一"微"字将其缩小；"天远"用"雁声"使之接近。词人巧妙选取大小、远近、高低的景象，再轻轻加以点染，如行云流水，浑然天成。

蝶恋花（遥夜亭皋闲信步）

遥夜亭皋闲信步，乍过清明，早觉伤春暮。数点雨声风约住，朦胧淡月云来去。

桃李依依春暗度，谁在秋千，笑里低低语？一片芳心千万绪，人间没个安排处。

译文

漫漫长夜，我在水池边悠闲地漫步，清明刚过，已经隐约感觉到春天到了尽头。天空中突然飘起的零星小雨点，很快就被风吹跑了，朦胧的月亮在淡淡的云彩中穿动。尽管桃李开得很美，但春天依旧悄悄离去了。是谁在秋千上低低地笑语？一片芳心中有理不出的千头万绪，无穷尽的忧愁，人世间哪有安排的去处。

鉴赏

蝶恋花出自唐代教坊曲，采用梁简文帝萧纲乐府《东飞伯劳歌》中"翻阶蛱蝶恋花情"句"蝶恋花"三字为名。词曲牌多用来写多愁善感或缠绵悱恻的内容。此词于《唐宋诸贤绝妙词选》《词的》《类编草堂诗余》《古今诗余醉》等本调名下均有题作"春暮"。

词的开篇点明了时间、地点、事件，如一把钥匙，开启全词的题旨，简约明了。漫漫长夜，主人公在水岸亭边散步。一个"闲"字，突出了主人公是独自一人随意举步。暮春时分，主人公突然感到春天快要过完了，不禁感伤，并感叹年华易逝、生命短暂。由此可见"闲信步"是为了排遣内心的抑郁。"数点雨"表明雨势不小，一阵略带寒意的春风吹过，雨就停住了。这时，只见月色朦胧，浮云在夜色中自由流淌。这两句写景清新淡雅而又流转自然。主人公因暮春引发的伤感在此时得到缓解，这种心情的转变极为自然。

下片转入主题，感慨春去无以自慰的悲愁情怀。虽说已过了桃李盛开的花期，但余香依稀可闻。人被淡月、微云、阵阵清风、数点微雨和依稀可闻到的花香所感染，"伤春暮"的情怀便暂时退却了。"春暗度"是双关语，一讲春天，一讲男女之情，桃李本应在春光明媚时盛开，但春已溜走，仿佛人生中的岁月流逝，悄无声息。"暗"字含蓄委婉，曲笔有致。主人公以欢乐的场景对比自己的独伤，千愁万恨不禁涌上心头。全词多用白描，信手画之，质朴无华，淡雅疏朗。词人遐想联翩之际，听到近处有女子荡秋千的轻声笑语，她们说些什么他听不清楚，但他能真切感受到女子的喜悦，这种美妙的情绪也感染了他。

结尾两句，写词人因意中人不在身边，以致常常魂牵梦萦。触景感怀，主人公的相思之情自然流露。夜里出来漫步，有可能是想排遣对意中人的相思之苦。但是这相思之情万缕千丝，理不出个头绪，由此可见其彷徨、感伤与苦闷的程度之深。怀人主题到此水到渠成，相思之情犹如水银泻地，充满人间。

从表面看，这首词是写暮春晚间漫步，但词人手法高超，生动地表达了内心起伏的情感。前三句抑，后三句扬，微雨、清风、淡月、桃李都用来衬托主人公的情思，在情景交融中展示主人公内心的变化。听到秋千传来的欢声笑语，词境又转，从而引出主人公的相思。最后，以夸张的语气直抒情怀，在不经意之间使情感达到高潮。

近代俞陛云评价这首词："上半首工于写景，风收残雨，以'约住'二字状之，殊妙。雨收残云，惟映以淡月，始见其长空来往，写风景宛然。结句言寸心之愁，而宇宙虽宽，竟无容处，其愁宁有际邪？唐人诗'此心方寸地，容得许多愁'，愁之为物，可谓放之则弥六合，卷之则退藏于密，惟能手得写出之。"

相见欢（林花谢了春红）

林花谢了春红，太匆匆。无奈朝来寒雨晚来风。

胭脂泪，留人醉，几时重？自是人生长恨水长东。

译文

林间的花儿凋谢了，春天走得太匆忙了。实在无可奈何啊，摧残它的有那朝来的寒雨和晚来的凄风。

风雨中的残花，像是美人双颊上的胭脂在和着泪水流淌，令人如醉如痴，不知什么时候才能重逢？人生长恨，就像那流水长向东。

鉴赏

这首词作于北宋太祖开宝八年（公元 975 年）李煜被俘之后。被囚的生活使他感到极大的痛苦。他在给金陵旧宫人的信中说"此中日夕，只以眼泪洗面"。此词即写于李煜被俘汴京时期。李煜在汴京时经常受到监视，因此他在此词中小心谨慎，不敢直抒胸臆。

"林花"是指所有花，"春红"指代花之娇美、珍贵，无论是"林花"还是"春红"，都是那么美好，令人向往。可是这一切的美好都要谢了，"谢了"有一种叹息的语气和口吻。古时候有伤春悲秋的传统，春天被认为是一年中最美好的时节，万物正在生发，一切都朝气勃勃，洋溢着生命的跃动。现在春天就要过去了，让人感叹时光太匆匆。花被认为是最美好的一种生命形式，与人一样，都有萌芽、生长、绽放、凋零的过程，所以人在看到花的整个生命过程时，很容易与之共情。一句"太匆匆"，更突出了这种惋惜、悲伤之情。在李煜看来，繁华的南唐匆匆衰败，顷刻灭亡，不正如林花突然凋谢吗？在林花的形象中，寄托着李煜亡国的悲伤。

美好的事物都有一个共同的特点——脆弱，这些花朵怎能经得起寒雨凄风？这里暗喻宋朝军队的步步紧逼。面对这一切，李煜只能眼睁睁地看着却无能为力，所以才"无奈"。

"胭脂泪"在景物上指风雨后满地的落红，像是美人脸上和着胭脂流淌的眼泪，就"人"而言，指众宫女和妃嫔的泪。"胭脂泪"使花人格化，花之雨滴犹如人的泪滴，雨和泪相交流，给人一种哀怨的感觉。"留人醉"三字，应是佳人留醉，含蓄蕴藉，情意婉转。词人的心理顺序是由眼前带雨的落红，幻化出佳人含泪的娇容，而后记起佳人相留、共饮同醉的往事。"留人醉"不仅包括与佳人平日相与的欢乐酣畅，也包括别前饯行的最后缱绻，这三字可以说是悲欣交集，五味杂陈。"醉"在这里并不是喝醉酒的意思，而是因悲伤凄凉，心如迷醉。"几时重？"一问，问得清醒。落花有意，然而风雨无情，美景难再。"人生长恨"之绵绵无期，犹如那东流的江水，无穷无尽、无止无休。这是由词人肺腑中倾泻而出的感情激流，是词人深深的哀叹！

这首词表面上是惜花，其实是对人生命运的感叹。春花易逝，人生苦短，春花受凄风苦雨的摧残无法逃避，人一旦失去自由也无法掌握自己的命运。花落难再开，人的青春年华也一去不复返。李煜从自己的命运起伏中领悟到人的生命其实跟花一样脆弱、无奈。

此词在传统伤春主题上开拓了新的思想意蕴。李煜认为，春花的凋零是由外力摧残即寒风凄雨的打击导致。由此他感悟到人生命运的悲剧也是外在力量造成的。春花固然美丽，可终究会凋零，再也不会重现原有的绚烂。人生的辉煌、幸福的生活也如此，人生到头来只剩下无尽的"长恨"。

长相思（云一䯶）

云一䯶，玉一梭，淡淡衫儿薄薄罗。轻颦双黛螺。

秋风多，雨相和，帘外芭蕉三两窠。夜长人奈何！

译文

女子盘起的头发上插着一支玉簪，穿着颜色淡雅的丝织罗裙，不知为何轻轻皱起眉头。

独自站在窗边，风声和雨声交杂在一起，肆意吹打着窗外的三两芭蕉，这漫漫的寂寥长夜叫人怎么办才好！

鉴赏

陈廷焯在《闲情集》中称此词"情词凄婉"，可以把它归为闺怨词，写一位女子在秋雨之夜的相思之苦。

䯶（wō），即一束。另有说䯶读 guā，意思为紫青色的丝带。词的上片描绘了女子的头饰、发式之美，用语清新而形象，简单的描述却让女子显得气质非凡。紧接着写女子淡雅的衣着，虽未明写容颜，但这种比喻和衬托却从侧面写出女子的容貌艳丽和气质高雅。虽只写衫裙，但通体所呈现的一种绰约风神自可想见。"淡淡""薄薄"两个叠词的使用，让女子在本就有些寒意的秋夜里更显单薄与孤寂。"轻颦双黛螺"写这位女子的表情，轻皱双眉，似乎蕴含着幽怨，相思怀人之意隐隐传出，并由此引出下片。"轻"字颇有分寸，它适合表现悠长而并不十分强烈的幽怨，且与通篇轻淡的风格相协调。这一句没有写一个愁字，却不难看出女子是忧愁的。

下片写这是一个秋天的雨夜，秋风本就催愁，更何况有苦雨相和。词人不单写风，也不单写雨，而写风雨交加，更增添了秋夜愁思的凄苦。但是词人觉得这样的环境烘托仍然不够，于是又写风催残叶、雨打芭蕉。在古典诗词中，芭蕉是一种代表相思的植物，而在这里又只有三两窠，寂寞孤独更甚。"帘外芭蕉"似乎也有泪滴，这不仅使得秋意更浓，也使秋思更苦。结尾点"情"，写女子夜长难眠，正为相思煎熬。最后一句仿佛是女主人公发自心底的深长叹息。"奈何"之情点到即止，不作具体的刻画渲染，反添余韵。联系上片的描绘，不禁使人联想到这位"淡淡衫儿薄薄罗"的深闺弱女，不仅身体上不堪这秋风秋雨的侵袭，而且在心理上更难以禁受这凄冷气氛的包围。

词的开篇三句情调悠扬轻快，会让读者误以为主人公是一位风姿绰约、正沐浴于爱河的女子。岂料第四句急转直下，只见她眉间锁着愁怨，想必内心一定苦闷压抑。词的情调从这里开始变得凄婉。这首词环境、人物、外形、心理和谐统一，笔调清淡、语言简洁、声情并茂，人物在风雨中活动，风雨声中又融进人物的内心独白，相互呼应，浑然一体。人与景、景与情相互交融，虽通篇写愁，却不见愁字，而秋思之意，浮于字里行间。

捣练子令（深院静）

深院静，小庭空，断续寒砧断续风。无奈夜长人不寐，数声和月到帘栊。

译文

夜深人静，小院里一片寂静，断断续续的夜风吹来时断时续的捣衣声。漫漫长夜，无心睡眠，只好数着声音看月光慢慢爬上窗棂。

鉴赏

"捣练"是古代女子将生丝织成的绢用木杵捣软，再加工制成熟绢，然后才能制作衣服。古人多用"捣练"或"捣砧"作为诗歌的题材来表达相思之情。

公元957年，南唐被宋所灭，李煜成为亡国之君，被囚禁于汴京，从此过上了忍辱负重的生活。李煜的词以亡国为界分为前后两期，后期的作品多表达亡国之恨。这首词正是写于其被俘后，在秋风萧瑟的夜里独坐居住处，听夜风中传来的捣练之声，由此引发他内心的愁恨。

"深院"写居住的人远离尘嚣；"小庭"暗示主人公的居所并不是雕梁画栋，只是一个空荡荡的小天井，不仅幽静，而且空虚。"静"和"空"交代了时间是在深夜。深院静是听觉所闻，小庭空是视觉所见，这两句看似写景，实则衬托出李煜内心的凄凉和孤寂，只有在如此安静的环境中才能听见远处时断时续的风吹来砧上捣练之声。因此引发了主人公内心的离愁别绪。"寒砧"不仅指月夜凄冷，更暗示了主人公心中无法排解的寒冷。风声断断续续，所以风吹来的砧声也断断续续。词中连续使用两次"断续"，起到一种回旋往复的效果。前三句有动有静，以动衬静，烘托了主人公的孤寂。

后两句说夜深了，月光和砧声穿进帘栊，不仅增添了一道景色，还暗示了主人公见月思乡的心理。明明是捣练的砧声扰乱了主人公的思绪，词人却偏偏倒过来说由于长夜无心睡眠，才使得砧声时断时续传入耳边，而且夜深了，砧声还在断断续续地响，并伴随着月光穿入帘栊，这就把听觉和视觉结合起来，声色交融在一起，渗透到词人的心中。清冷的月光和捣练声都是具有"凄清"气质的物象，交织着触动主人公的思绪。听觉和视觉相互渲染，加倍突出主人公的孤独与伤感。"无奈"二字，使读者似乎看见了主人公那紧皱的眉头和无限焦虑而又无可奈何的眼神。几声寒砧就使主人公彻夜失眠，是因为它是一个特定的情感符号，包含着特定的情感信息。无论是长夜，还是砧声，其实都是李煜为失眠而找的借口，真正的原因还是源于内心的凄凉。

俞陛云在《南唐二主词辑述评》里说："通首赋捣练，而独夜怀人情味，摇漾于寒砧断续之中，可谓极此题能事。"

这首词情景交融、不事雕琢、洗尽铅华、朴实纯真、轻柔含蓄、意境清新，优美朦胧。清代著名词人纳兰性德曾说李后主"更饶烟水迷离之致"，指出了李煜词直抒胸臆之外的另一种含蓄风格。

浣溪沙（红日已高三丈透）

红日已高三丈透，金炉次第添香兽。红锦地衣随步皱。
佳人舞点金钗溜，酒恶时拈花蕊嗅。别殿遥闻箫鼓奏。

红日升到三竿，红红的太阳光透进来，照亮了辉煌的宫殿，精致的香炉里已经添入了香料，红锦地毯随着宫女的脚步起皱。

佳人的舞步已有些不稳，头上的金钗有些倾斜，时不时拈起花蕊，想用花的清香唤醒朦胧的大脑。远远听到别的宫殿在演奏箫鼓。

这首词是李煜对宫中歌舞升平景况的描写，反映了李煜早期的宫廷生活。词的上片是帝王奢华生活和耽于享乐的真实写照。"红日已高三丈透"，一个"透"字，暗示昨夜歌舞狂欢，到深夜才就寝，由此可以想到词人慵懒轻松的情态。金炉和香兽都是奢华的器具，非一般人所有，更何况还是"次第添"。"次第"两个字不仅体现出侍女从容优雅的姿态，还刻画出一种络绎不绝的场面，由此可见金炉数量之多。奢华的器具，盛大的排场，通宵达旦的歌舞，反映出李煜放浪不羁、奢靡的生活。

词的下片继续描写奢华的生活。据《清异录》卷上记载："李后主每春盛时，梁栋窗壁柱拱阶砌，并作隔筒密插杂花，榜曰锦洞天。"其宫中焚香之器名目繁多，奢华之极。词人非常细心地捕捉到歌舞场景中的两个细节，"地衣皱"和"金钗溜"。随着舞女飞速旋转的舞步，红锦织成的地毯打起皱来，由于通宵跳舞，舞女头上装饰的金钗从松垮的发髻上滑落。关于"舞点"有两种说法，一说是节拍，舞点就是舞蹈的节拍。另一种说法是舞透、舞彻，即舞者进入舞蹈的高潮，舞得酣畅淋漓，舞到了极致。

"酒恶"一句，写词人已经酒醉不支，但却仍旧以花解酒，力图继续饮宴。"酒恶"是当时江南的俗语，所以有人称这句为"用乡人语也"。这里用俗语，增加了词的生活趣味。微醉的他时而拈花微笑，嗅花解醉，意犹未尽。"拈""嗅"二字写尽了酒醉时的娇态，把一种尽情嬉戏却仍未满足的神态表现了出来。最后一句由近及远，写远处的别殿"遥闻箫鼓奏"，从侧面反映了南唐宫廷处处歌舞笙箫。

这首词，从内容上讲，词中反映的宫廷生活是奢华腐朽的，李煜沉溺在享乐之中，不顾念政事及百姓。同时体现出李煜得意与自我陶醉的心境。从艺术上看，此词结构严谨，技巧娴熟，语言华丽，喻象生动。上下两片承接自然紧密，浑然一体，场面描写细腻到位，情态表现活灵活现。艺术上的精美与内容上的腐朽形成了鲜明的对比，也同李煜后期的词作形成了巨大的反差。

俞陛云在《唐五代两宋词选释》中评价此词："作者自写其得意，为穆天子之乐未央，适示人以荒宴无度。"

菩萨蛮（花明月暗笼轻雾）

花明月暗笼轻雾，今宵好向郎边去。刬袜步香阶，手提金缕鞋。

画堂南畔见，一向偎人颤。奴为出来难，教君恣意怜。

译文

花明月暗雾纱笼罩，与情郎相会正好在今宵。手提金线绣花鞋，只穿着袜儿轻轻走下台阶。

就在画堂南边相见，佳人娇羞地依偎在情人怀里，身体微微颤抖，女子轻轻地说："我出来一次很难，请郎君纵情爱怜。"

鉴赏

李煜未登基时娶了大司徒周宗的大女儿娥皇，即大周后。十年后，大周后病逝。李煜再娶，为大周后的亲妹妹，即小周后。据《南唐书》记载，在大周后病重期间，小妹进宫探望姐姐，与李煜相遇，二人相恋。这首词就是写他跟小周后的一次约会。

词以小周后的口吻自述约会的过程，表现了她的多情与浪漫。首句写环境，月色朦胧，花开得十分娇艳，再加上薄雾弥漫，把花月都笼罩在其中，有一种朦胧的美。"花明"不仅指花，也暗指小周后的娇媚和青春。下面原该接续后阕的幽会场面，李煜却做了一个颠倒的结构，他把小周后行动的一来一去、幽会的一首一尾两个画面捏在一起作为前阕，因为它们描摹的都是女人的单独行动。第一个是淡月轻雾中女子潜来的画面。第二个则是幽会事毕，女子仓皇离去的画面。"刬袜步香阶，手提金缕鞋。"这个画面生动传神，饶有情致。一方面因做错了事而害怕、害羞，一方面因偷情成功而激动且充满幸福感。

下片写小周后见到李煜的情景。在画堂南侧，小周后依偎在李煜的怀抱里，身体一直微微颤抖。一个"颤"字，把终于见到情郎，但又因为秘密约会而感到紧张的情绪描写出来。结尾两句，小周后向情郎告白，"出来难"是事实，因为难，所以更要珍惜，因此才要"教君恣意怜"。

李煜以白描手法，认真细致地描摹人物的行动、情态和语言，毫无雕饰和做作，只凭画面和形象，便做成了艺术品。李煜用浅显的语言呈现出深远的意境，虽无意于感人，但能动人情思，达到了王国维所说"专作情语而绝妙"的境地。

望江南（闲梦远）

闲梦远，南国正芳春。船上管弦江面绿，满城飞絮滚轻尘。忙杀看花人！

译文

闲来无事做梦，梦到故国正值春意盎然的时节。船上的管弦声，声声入耳，放眼望去，江面碧波一片，满城飘散的飞絮随着马车尽情飞舞，混在轻尘中飘扬，大家都在忙着看花。

鉴赏

李煜写这首词的时候，南唐已经灭亡，他自己也被囚禁在汴京。词的内容就是他身处他乡时对故国的回忆与想象。

"梦"是词中用得比较频繁的意象。他将"梦"看作一种解脱的方式，因为只有在梦中，他才能暂时逃离残酷的现实，回到曾经美好的过往。这首词一开始就将读者带入他所营造的幻境之中。关于"闲梦"有两种解释：一是说悠闲中做了一个梦，二是说闲下来就会做梦。在梦中，故国"正芳春"。一个"芳"字，将春天百花盛开、姹紫嫣红的景象写了出来。不仅花美，花香更是沁人心脾，令读者仿佛看到了春天令人迷醉的景色。随后词人带着读者将目光转向江水，江面碧波一片，船上丝竹管弦，一片欢声笑语。"江"指的是秦淮河。春满金陵，秦淮河上绿波荡漾，画船游舫，来往穿梭，船上丝竹相和，乐声飘荡于水波之上，动人心魄。词人在一句之中就把有形之物、无形之声和鲜明之色集合在一起，完成了一幅水上音乐会的画图。句末的"绿"，乃是春天的颜色，是生命力的象征，它既写水色，又写春色。接下来，词人又将目光转向岸边。轻尘滚起可能是自然的，也可能是人为的。古人有春天赏花的传统，游人多了，就会扬起滚滚轻尘。这句是实写，同时暗写春风。虽然没有直接点出春风，但一"飞"一"滚"，已经让人感觉春风拂面。"忙杀"表现了百花之美，看花人的兴致之高、人之多、场面之大尽在其中。

全词没有直说花的美，却从侧面写看花人有多忙，由此可见春花有多吸引人。回忆中的江南美景越是繁华热闹，越体现出词人当下的孤寂和哀怨，以及失去江山、远离故土的无限惆怅。

这首词的妙主要体现在选景和画面的布置上。李煜精心挑选了两个场面表现江南春日的狂欢气氛。清人陈廷焯说："寥寥数语，括多少景物在内。"以江南澄净江水为背景，以画舫传出的管弦乐曲描绘江上的热闹，以滚滚轻尘来烘托城里游人如织、争相外出赏花的盛况。这两个场景共同突出了一个主题，即江南社会的繁荣与人的安居乐业。词人借昔日的繁华来抚慰今天心灵的伤痛。

望江南（闲梦远）

闲梦远，南国正清秋。千里江山寒色远，芦花深处泊孤舟。笛在月明楼。

【译文】

闲来无事做梦，梦到故国此时正值深秋。千里江山笼罩在一片秋色中，芦花深处停泊着一叶扁舟，月下高楼里面传来阵阵笛声。

　　这首词写故国秋景。此时的江南正值秋高气爽的时节，江南风光总体的特色是"清"。这里的"清"既有清澈明朗之意，也表示清凉爽快，概括了秋天的景色和气候两方面的特点。正是因为"清"，词人才能将秋景看清楚，也才能将秋景生动描绘出来。

　　词人从大处着墨，首先写一处大远景，"千里江山寒色远"，"寒色"指自然景色在寒冷时节的颜色，与"清秋"相互照应。"远"既说明是远景，又是对千里江山皆寒色这种景色模糊的度量，以掩映在一片寒色下的千里江山之远来说明闲梦之远。其次写中景，孤舟藏于芦花深处，与前面的"清""寒"在情调上保持一致。此句既写自然景物，也写人的活动。"舟"是"孤"的，除了从数量上说明是一叶扁舟外，也暗示了舟中之人的孤寂。这样的描写不禁让人联想到舟中之人的身世凄苦、心情酸楚，何况孤舟还藏于芦花深处，更显得凄苦孤独。最后写近景，秋月当空，高楼之上，笛声响起，那悠扬的笛声，忽高忽低，时断时续，说明听笛人的心潮在激荡。"笛""月""楼"这三个意象把前面的景连接起来，还融进了一种思念、离别之情。古人常用笛来写离别之思、哀怨之情，用月代表相思，用登楼远眺怀人。李煜不光怀人，还怀念他的故国。前面的"清""寒""孤"都隐含在笛声之中、明月之中、高楼之中了。笛声入耳，心声哀怨。

　　在这首词里，千里江山是远景，芦花、孤舟是中景，月下楼中笛声是近景。船泊于芦花深处，体现的是逍遥自在的精神，月夜吹笛，尽显风流潇洒。两首《望江南（闲梦远）》所描绘的江南之景，一个热闹，一个冷清；一个欢快，一个凄清，一个色暖，一个色寒，但都是李煜梦中念念不忘的故国。

　　两首《望江南（闲梦远）》都以"闲梦远"开始，除了说明词中的景色是以梦中的形式出现以外，还具有其他深意。"闲"

是清闲、空闲、无所事事，这梦是李煜对昔日的帝王生活的恋旧，是对往昔的繁华化为今日的回忆的追思。"远"一方面说明梦的悠长、梦中地域广大，另一方面说明梦里回忆的是"往事不可追"的过去。"闲"和"远"都透露出词人的怀念故国之情。

菩萨蛮（蓬莱院闭天台女）

蓬莱院闭天台女，画堂昼寝人无语。抛枕翠云光，绣衣闻异香。

潜来珠锁动，惊觉银屏梦。脸慢笑盈盈，相看无限情。

译文

貌若天仙的佳人独居幽深的小院，在画堂午休时，寂静无声。枕头被抛到一边，乌黑光亮的秀发散乱地披在上面，衣服上散发出阵阵清香。

情郎悄悄走进来弄响了有珍珠镶饰的门环，惊醒了屏风旁佳人的梦。佳人一看是情郎，脸上露出甜美可爱的笑容，两人对望，有着无限深情。

鉴赏

这首词依然是写李煜与小周后幽会之事，不过是以李煜的角度来写。词中所写的只是二人相对的一个片刻，女子娇羞妩媚，男子温柔体贴，一片脉脉深情。首句中"蓬莱""天台"等描写，不仅指女子的美貌，也代指居所的精美。下启"画堂"，有一种金屋藏娇的意味。"闭"字强调深居禁严，二人难以接触，与下片中的"潜来"相呼应。"无人语",既指"昼寝"时光,周遭静谧无声,也表示男子步履悄悄,不曾有所惊动,于是他得以俯身注视卧榻上的爱人。她睡得香甜,睡得酣畅,乌黑闪亮的长发随意地披散在枕头上,绣花夏衣又轻又薄,透出女子特有的香味,令人心醉。一个不经意的细微动作使男子身上悬垂的玉佩发出清脆的鸣响,惊醒了梦中人。这本是煞风景的事,但因二人之间情深意切,反而有了更温馨的气氛。词人在这里的描写又含蓄,又生动,又准确。只见女子双眸慢慢睁开,正与俯看者的目光相对,笑容随即在美丽的脸庞上轻轻荡漾,二人无语,"相看无限情"。结尾两句是点睛之笔,一个"无限"仿佛把千言万语都说尽,把万千柔情都化出,这就不仅是外在情貌的描写了,而是直接写出了男女主人公的内心情感,是由小见大、由实见虚的写法。

因思念而有"潜来",因深爱而俯身含情凝视,故可推想女子睡得如此香甜,一定是在梦中与情郎有相聚。唯其如此,女子"惊觉"之时,才不以为惊,而是"脸慢笑盈盈"。四目相对之时,自有无限的柔情。"盈盈"二字运用巧妙,"盈盈"与"笑"相连,是形容笑容的可爱,而"盈盈"又可独立出来形容目光,刻画"相看"的情态,可谓是一词多义。

上片写"潜来"光景,下片写"相看"情景,过片以"珠琐"承绣衣,将会见的双方相联系。两片一气呵成,上下之间几乎不见痕迹。结句最有韵味,本是一方行为的叙述,此时换作了双方感情的交汇,虽是平平的描述,但热烈在其中。李煜在爱情题材作品的创作中善于变化、手法多样、技巧纯熟。全词写私情幽会但又不低级庸俗,写男女欢情相聚明快而又不失含蓄,语言晓畅,情态自然,描写准确生动,格调也不低下,是李煜前期作品中较成功的一篇。

菩萨蛮（铜簧韵脆锵寒竹）

铜簧韵脆锵寒竹，新声慢奏移纤玉。眼色暗相钩，秋波横欲流。

雨云深绣户，未便谐衷素。宴罢又成空，梦迷春雨中。

译文

管簧乐器吹奏出清脆响亮的乐曲，美人灵活地移动纤纤玉手舒缓地演奏新制的曲子。美人眼中生出的情愫暗自勾连在一起，秋波流转，情意好像要溢出来一样。

在精美的居室欢爱一场，未能马上就使两人的心情和谐一致。但是欢宴结束后，刚才的柔情蜜意马上又成为空虚，魂思已经如痴如醉，就如沉迷在一场春梦中。

鉴赏

俞陛云在《唐五代两宋词选释》中写道，"《古今词话》云：'词为继后作也。'幽情丽句，固为侧艳之词，赖次首末句以迷梦结之，尚未违贞则"。意思说此词是写李煜与小周后约会的。内容大胆直露，虽然是一场艳遇，但并非淫词。

词的上片首先写乐声动听，"脆""锵"等都用来形容音乐的美妙和乐器的多样，显示出词人有极高的艺术修养，对音乐有较强的鉴赏力。乐由人奏，作者先写乐声有赏乐之意，但其视点主要还是要落在奏乐的人身上。"纤玉"明确写出了奏乐的人是一位美丽动人的女子。"移纤玉"不仅指手指嫩白、纤细，还暗含乐器的门类。开头第一句几乎把丝竹管弦等乐器门类包括了，表现了宴会的盛大。由乐器写到乐声，再聚焦到演奏者的局部，由大写到小，由听觉写到视觉，乐美人更美，词人的心思已昭然若揭。"眼色"二句，实写奏乐女子与词人眉目传情，暗送秋波，语言直白，表现大胆。

下片首句承上片二人情意相通后巫山云雨，难舍难分。接着笔锋陡转，写宴会后情意转眼"成空"，从侧面说明了两人之间的相见恨晚、春光苦短。"成空"实际上是指欢会后的内心空虚，以及不忍离别的怅惘。所以在作者的无限追想中，美人才能再入春梦。词中的"未便"一作"来便"；"梦迷"一作"魂迷"；"春雨"一作"春睡""春梦"。

全词写男女恋情，大胆直露，不拘礼制，形象生动，有轻有重。既有明白直叙的描写，又有委婉蕴藉的深沉。尤其在女子形象的描绘和男女情思的艺术表现上，都有着十分可贵的传神之笔。

阮郎归（东风吹水日衔山）

呈郑王十二弟

东风吹水日衔山，春来长是闲。落花狼藉酒阑珊，笙歌醉梦间。

佩声悄，晚妆残，凭谁整翠鬟？留连光景惜朱颜，黄昏独倚阑。

译文

东风吹拂着水面，太阳将要落山。在这美好的春天里，我总是十分悠闲。面对零乱的落花，在笙歌中频频举杯，酒筵刚散，就醉醺醺进入梦间。

我轻轻地举步，不让玉佩发出声响，晚妆已经凌乱，以后还能靠谁梳理那乌云似的发鬓？黄昏时独自倚着栏杆，留恋这迷人的春光，更怜惜我那即将消逝的青春容颜。

鉴赏

公元971年，李煜派遣七弟李从善前往汴京朝贡。李从善到汴京后，便被宋太祖软禁。这首词就是李煜盼七弟早日回归而作的。

开篇意境开阔，就如一幅夕阳衔山图。辽阔的湖面上东风吹拂，一轮红日从湖畔远山上缓缓落下。"日衔山"就像一个特写镜头，捕捉到了夕阳西下过程中的壮观景象。"春"字点明了季节，同时暗示了伤春的心理。"长是闲"既是主人公的生活状态，也是其心理状态。正因为"闲"，她才有时间仔细观察"东风吹水日衔山"的春景，而观景又是她度"闲"的一种方式。两句中，前句写景，后句写情，主人公伤春之情已从景物描写中透露出来。"落花"句由远景转为近景，"落花狼藉"暗示了庭院内凌乱的景象，同时体现春光流逝之快和环境的清冷。"落花"是主人公所见，"酒阑珊"是其所感。酒已尽兴，主人公醉意醒来，不由得回想往事。"笙歌醉梦间"有两种解释：一种为过去每天笙歌相伴，快乐恣意，而今欢乐不再，只在睡梦中残留些许记忆；另一种为主人公心绪全无，内心苦闷难解，唯有沉醉于笙歌醉梦之中。在结构上，上片采用倒序手法，写梦醒时所见所感。

下片写梦醒后的情态。清晨醒来，主人公发现晚妆凌乱，不仅没有马上"整翠鬟"，反而说"凭谁整翠鬟"，说明此时主人公处境的孤独。玉佩声消失、晚妆残乱，生动描绘出主人公黯然神伤、无心梳妆的样子。"凭谁整翠鬟"透露出主人公的自暴自弃之意，既然独自一人，索性不去对镜梳妆。在词中借用闺中人的心理来表达对远方之人的思念，是古典诗词中常用的手法。

结尾二句主人公自我开解，还是好好珍惜春光，爱惜自己的容颜吧。然而宽慰的话依旧改变不了一个事实，主人公独自一人倚着栏杆面对暮春时节的黄昏。虽然词人在自我劝慰，但却难以掩饰内心的沉痛，表达了词人的无可奈何之情。即使"黄昏独倚阑"，还是要趁着春光未尽、人未老，尽情欣赏无限风光。

词中流露出一种美人迟暮的哀伤。在春天里人们总该有所作为，然而词人却说"春来长是闲"，且这种"闲"并非是自己主动追求的，而是被迫接受的。联想当时南唐面临强敌压境的危及形势，这一句透露出李煜的苦闷，一种无以寄托的情怀。春天就这样悄悄过去，而自己却还沉浸于笙歌醉梦中，词人的哀愁到达了顶点。他想象无心理妆的闺中人，给自己一番劝告，可惜朱颜易老、光景难留，主人公所能做的，也只是黄昏倚栏，怀念和忧伤之情跃然纸上。

全词由大处着眼，至小处落笔，比喻生动、自然，描写细腻、真实，艺术技巧纯熟。有人分析这首词是李煜的中期作品，表现了李煜在面对宋军的虎视眈眈、国家和个人前途未卜时的抑郁颓丧心情。

浪淘沙（往事只堪哀）

往事只堪哀，对景难排。秋风庭院藓侵阶。一行珠帘闲不卷，终日谁来？

金锁已沉埋，壮气蒿莱。晚凉天净月华开。想得玉楼瑶殿影，空照秦淮。

译文

往事回想起来，只令人徒增哀叹。即便面对如此美好的景色，也终究难以排遣心中的愁苦。秋风萧瑟，冷落的庭院中，苔藓爬满台阶。门前的珠帘，任凭它垂着，从不卷起，反正整天也不会有人来探望。

横江的铁锁链已经深深地埋于江底。豪壮的气概也早已付与荒郊野草。傍晚的天气渐渐转凉，天空是那样明净，南唐美丽的宫殿在月光下映出的影子，正空空地映在秦淮河上。

鉴赏

这首词是李煜在囚于汴京期间所作的。宋人王铚《默记》记载，李煜的居处有"一老卒守门"，并"有旨不得与外人接"。所以李煜降宋后，实际上被监禁了起来。他曾传信给旧时宫人说，"此中日夕以泪洗面！"从全词的内容来看，是写李煜国破家亡后孤苦凄凉的心境，表达了自己在囚禁期间对故国的无限思念。

词的开篇流露出无尽的悔恨，接下来表现的是沉重的孤独感。庭院长满了苔藓，可见环境的荒凉冷清，也说明很长时间没有人来走动。室内也是死气沉沉，珠帘不卷，既是无人卷帘，也是无心卷帘。室外荒凉，触目断肠，不如待在室内消磨时光。可长期的幽禁，内心的孤独还是不能排解。他期盼有人来与自己交流、倾诉，可等待"终日"，不见人来，也无人敢来。"终日谁来"是词人的自问自答，其实他知道不会有人来。看似平常的一句描述，包含了作者心中巨大的失落感和孤寂感。

在极度孤寂的时光中，排遣寂寞的最好方式是回忆往事。金锁沉埋于废墟，豪气消沉于荒草。词人笔锋一转，道出自己心中苦闷的根源，捍卫国家的防线早已崩溃，曾经的壮志也随之消失殆尽。"金锁"，即铁锁链，三国末年吴国试图以铁锁链横断长江，以阻挡西晋水军，结果失败，铁锁链被烧断后沉入江底。这里借用吴亡的典故哀叹南唐亡国。从艺术的角度看，李煜抒发的都是真情实感。但从政治角度而言，他在词中公然表白"壮气"，很容易招致杀身之祸。

夜晚天气转凉，天空明净，月光洒满大地，全词的境界呈现一丝亮色，词人的心境也为之开朗。可这月亮不是故国的月亮，于是他想到当年月光照耀下的秦淮河畔的故国宫殿。可惜物是人非，月亮再亮，也只能徒增伤感。故国情结是李煜后期词的一大主题，也是他打发孤寂时光的强心剂。

这首词今昔对比，风格颇为伤感。开篇言往事、言哀愁，凄婉悱恻至极。整首词情景交融、虚实结合。上片一个只字，一个"闲"字，表达了李煜心中的无奈和绝望。他盼望往事可以重来，但往事不再；他期盼有人能来看望，可以诉说心中的凄苦，可是"终日谁来"，于是他只能一次次的失望。下片"金锁已沉埋"句中，"已"字表达了对国破家亡、覆水难收的悔恨。"空照秦淮"句中，"空"字表达了对故国的思念和对现实的无可奈何，给全词奠定了一种绝望而又虚无的情感。

采桑子（辘轳金井梧桐晚）

辘轳金井梧桐晚，几树惊秋。昼雨新愁，百尺虾须在玉钩。

琼窗春断双蛾皱，回首边头。欲寄鳞游，九曲寒波不溯流。

译文

傍晚在金井辘轳旁边，几棵梧桐树惊觉到秋的凉意。白天落雨再添新愁，长长的垂帘卷上玉钩。

窗户虽然华丽，但没有半点欢乐的气氛，佳人双眉紧皱，望向边疆那头。想把情书让游鱼传送，怎奈寒波不允许鱼儿逆流而上。

鉴赏

公元 971 年，宋朝灭了南汉，屯兵于汉阳。李煜听闻大惊，于是派遣七弟李从善前往汴京朝贡。李从善到汴京后，便被宋太祖软禁，李煜多次上书请求宋太祖让李从善回国，但都被拒绝。李从善到汴京后，李煜非常想念他，常常痛哭，这首词就是李从善入宋后未归，李煜为思念他而作的。

上片写景，先点出"辘轳""金井""梧桐"，这三种事物构成了一幅秋景图。辘轳是井上汲水的工具，在古代，汲水是女子之事，故井边常常是女子的怀人之所。辘轳的循环滚动又与思念的辗转反复相通。古代的井边多种梧桐，而梧桐是常见的悲秋意象。这三者位置相关，意义相通，表现了主人公难以明说的秋思。"晚"可以指黄昏，暗示了从早到晚的期盼，也可以指秋深，突出梧桐叶落的景象，令人联想年华逝去、青春不再而引出悲哀。接下来的"几树惊秋"给这幅晚秋图加了一点动态效果。一个"惊"字，打破了井旁的寂静。本来是写人在惊秋，却道以"树惊秋"，写情就更婉转、更深沉。

"昼雨新愁"引出人物。说是"昼雨"，可见是下了一天还没有停的雨，而这雨是小雨，纷纷扬扬，就如同弥漫在人心中的忧愁一样，无边无际，无休无止。这句直接将愁字点出，直抒胸臆，而愁随着一日绵绵细雨而来，因景生情，情景交融。"百尺虾须在玉钩"，是说精美的竹帘挂在钩上，暗指人的遥望，与下片的"回首边头"相呼应，让人将视线转回屋内。"琼窗"对应"百尺虾须"，起到承上启下的作用。主人公透过琼窗望向远方，期盼思念之人归来。"春断"有两层意思：一是说春去秋来，时光流逝，青春不再复返。二是说远行之人无消息，任凭思念而深情不得传达。"春断"也就是"情断"。这两层意思相辅相成，都在表现思念之深。于是就有了"双蛾"之皱、"回首"之举、"欲寄"之事，一连串的动作写出思念之切。由皱眉，到遥望，再到"欲寄鳞游"，思念的感情逐渐深化。既然无缘相见，只能将一份思念寄托于书信之中。可是，"九曲寒波不溯流"。山高水寒路曲折，纵使信写出，何人可传寄？何处可投递？

　　全词以意融景，一系列景象有机地融成一幅饱含秋意、秋思的风景画，画中有人，人外有秋，秋内有思，秋风秋雨关秋思，离情别恨联秋怨，感情由浅入深，层次递进，情绪渲染到位。全词语言明净自然，意境悲凉。

虞美人（风回小院庭芜绿）

　　风回小院庭芜绿，柳眼春相续。凭阑半日独无言，依旧竹声新月似当年。

　　笙歌未散尊前在，池面冰初解。烛明香暗画堂深，满鬓清霜残雪思难任。

译文

　　当春风又吹回到小院，庭院里的草变绿了，柳树也生出了嫩叶，一年又一年的春天继续来到人间。独自依靠着栏杆半天没有话说，听着风吹竹动之声，看到空中刚刚升起的月亮，宛若当年的情景。

乐曲未演奏完，酒宴未散，仍在继续，池水冰面初开。蜡烛高燃，熏香幽幽，住所在连绵重叠的屋宇深处。夜深之时，揽镜自照，发现两鬓生了白发，忧思难以承受啊。

鉴赏

明人沈际飞在《草堂诗余续集》中说："此亦在汴京忆旧乎？华疏采会，哀因断绝。"李煜被俘后被囚禁在汴京。宋太祖恼他有过反抗，封他为违命侯，以示惩戒。太宗即位后改封李煜为陇西郡公，赐第囚居。两年内，李煜与旧臣、后妃难以相见，行动言论没有自由，笙歌筵宴都歇，贫苦难言。这首词就是在此背景下写成的。

开头两句，通过"风回""庭芜绿"和"柳眼"三个物象，勾勒出春回大地的景象。东方一吹，先是庭院里的小草变绿，然后是柳树发芽，所以说是"春相续"。"相续"二字仿佛是说春光从眼前向远处连绵不断伸展开去。春日的明媚与生命的气息在庭院里荡漾，一幅生机盎然的春景图呈现在读者眼前，然而盎然的春意没有吹散主人公心头的愁云。以乐景写哀景，用乐景反衬哀愁，哀伤更甚。面对这美好春光，主人公陷入回忆。"竹声"依稀可闻，"新月"依稀可见，好似回到了昔日。可惜自己早已成为阶下囚，独自倚栏而无言，可见其心情的沉重。主人公在深思恍惚中，仿佛回到了当年，眼前又浮现出欢乐的场面，池塘里春风荡漾，薄冰初融，池畔妃嫔围坐，觥筹交错，笙歌齐奏。君臣同乐，不知今夕是何夕。回首往事只会徒增伤感，回忆越是美好，现实就越残酷，面对这样的景色，如何才能排遣余下的时光？亡国前后，景物依旧，物是人非，形成了鲜明的对照。

结尾两句再次回到现实，明烛高照，炉香袅袅，虽然很华丽，但寂静无人，没有一丝生气。主人公对镜自照，满鬓白发，意识到自己在逐渐衰老，一股悲伤之情涌上心头。以美丽的景色与词人未老先衰的状态作对比，形成强烈的反差，从而突出人物复杂矛盾的心理。

俞陛云在《唐五代两宋词选释》中这样评价：五代词句多高浑，而次句"柳眼春相续"及上首《采桑子》之"九曲寒波不溯流"，琢句工炼，略似南宋慢体。此词上、下段结句，情文悱恻，凄韵欲流。如方干诗之佳句，乘风欲去也。

这首词的结构分为三层，开篇为一层，写眼前的景色；中间三句回忆往事；结尾再次回到现实，这一结构恰好与李煜心绪的变化相吻合。全词描写生动，笔触细致，情景融汇，由景见情，由情生景，借伤春以怀旧，借怀旧以发怨，借发怨以显痛苦，结构精妙，意象生动，感情十分真挚，艺术手法相当成熟，是一篇难得的佳作。

玉楼春（晚妆初了明肌雪）

晚妆初了明肌雪，春殿嫔娥鱼贯列。笙箫吹断水云间，重按霓裳歌遍彻。

临风谁更飘香屑，醉拍阑干情味切。归时休放烛花红，待放马蹄清夜月。

妃嫔和宫女们已经化好了晚妆，一个个肌肤似雪，明媚动人。

她们鱼贯而入，准备在春殿之上一展自己的美丽和才华。凤箫声悠扬动听，乐声一直传到水云之间。凤箫声尽之后，不断演奏着《霓裳羽衣曲》。

一阵微风吹过，香料的气味随风飘散，喝醉之后，随着音乐醉拍栏杆，其情味深切。归去时不要点蜡烛，且待骑马踏着清夜月归去。

鉴赏

此词是李煜任南唐后主时宫廷歌舞宴乐的盛况。词的上片选取了宴会中两个亮点来写：一是舞女的表演，一是音乐的演奏。宫女们化好晚妆便从后殿鱼贯而入，载歌载舞。"鱼贯列"三字不仅写出了嫔娥之众多，而且写出了嫔娥队伍之整齐，可以想见场面之大。只见宫女们个个肌肤雪白，光彩夺目，从开篇即渲染出夜宴的奢华豪丽。随后两句宴乐开始，词人写音乐的悠扬和器物的华美。凤箫是一种乐器，很是精美，与词中所描写的奢靡之享乐生活、情调恰相吻合。箫声悠远，声尽时如至水云之间，可谓精到之极。凤箫声尽之后，一再地演奏气势恢宏的《霓裳羽衣曲》，同时加上歌唱，唱到最后一"遍"，歌舞盛会到达高潮。据马令《南唐书》载："唐之盛时，《霓裳羽衣》最为大典，罹乱，瞽师旷职，其音遂绝。后主独得其谱，乐工曹生亦善琵琶，按谱粗得其声，而未尽善也。（大周）后辄变易讹谬，颇去哇淫，繁手新音，清越可听。"李煜与大周后都精通音律，更何况《霓裳羽衣曲》本为唐玄宗时的著名大曲，先失后得，再经过李煜和大周后的发现和亲自整理，此时于宫中演奏起来，自然欢愉无比。所以不仅要"重按"，而且要"歌遍彻"，由此也可想见李煜的耽享纵逸之情。

下片词描写曲终人散、踏月醉归的情景。一阵微风吹过，主人公闻到了一股香气。据传后主宫中设有主香宫女，掌焚香及飘香之事。在此次宴会上，主香宫女持香料之粉屑散布各处，使得宫中处处有香气弥漫。"醉拍"既写主人公的醉态，也体现了他因兴奋而心醉之态。整个宴会上，词人有视觉的享受，有听觉的享受，有嗅觉的享受，有味觉的享受，还有拍栏杆的触觉享受，以及"情味切"的心理享受，正是集色、声、香、味于一处，令其心旷神驰，兴奋不已，耽溺其中无以自拔。结尾二句，写酒阑歌罢却写得意味盎然，余兴未尽，还要以马蹄踏着满路的月色归去，所以向来为人所称誉。《弇州山人词评》中赞其为"致语也"。叶嘉莹评价此句："后主真是一个最懂得生活之情趣的人。""踏马蹄"三字写得极为传神，"踏"字无论是在声音上还是在意义上都可以使人联想到马蹄声。

全词境界一闹一静，开篇宫殿歌舞升平，宫女浓妆艳抹，结尾歌舞散场，马踏清夜月，归于清静。全词笔法自然奔放，语言明丽直快，情境描绘动人。这首词，可以作为后主亡国以前早期作品的一篇代表。

子夜歌（寻春须是先春早）

寻春须是先春早，看花莫待花枝老。缥色玉柔擎，醅浮盏面清。

何妨频笑粲，禁苑春归晚。同醉与闲平，诗随羯鼓成。

寻觅春天的美景要趁早，想要欣赏春花，莫等待花枝老去。佳人玉手举着青白色的酒，杯中的美酒漫上了杯口。

频频开怀大笑又有何妨，在这皇宫禁苑中，春天离去得比较晚。醉眼蒙眬之中，众人闲谈雅论，觥筹交错之中，一通羯鼓罢，一首诗篇就此完成。

鉴赏

这首词写李煜和后宫嫔妃赏花饮酒的享乐生活，是李煜前期的作品。这些作品多写宫廷盛宴、赏玩美景，充分体现了李煜作为皇帝不思治理国家、一心贪图享乐的形象。

开篇两句描写词人驾车出游、欣赏春光。早春之际，百花争艳，正是看花寻春的好时节，行乐须及春，词人当然不会错过这样的良辰美景。词人如同一个不识愁滋味的少年，满心欢喜地追寻着世间的快乐。词人正是如此纯真地把游春时的想法和盘托出，其快乐是那般真切。唐代著名诗句"花开堪折直须折，莫待无花空折枝"，目的是劝人珍惜时光，而李煜却强调要及时行乐。"春"和"花"有双重含义，既指春日良辰美景，也指人的青春美貌。后面两句承前二句之意，直接描写饮酒作乐的具体场面，酒美人也美，和下片春光之美相对应。美人劝酒，美在对手的描写，称之"玉柔"可见其妩媚多情，"缥""玉""清"给人的色彩感受都非常素雅细腻。

词的下片进一步描写词人与美人对饮赋诗、调笑欢乐的情景，继续充实及时行乐的具体内容。开头两句写作者与美人都是无拘无束地玩笑作乐，因此觉得春归也晚。"何妨"一词写出宴饮的欢乐，在饮酒调笑之间，甚至觉得连最易逝去的春色脚步都放慢了。词人在这里径自说"频笑粲""春归晚"，肯定了这种心理状态。"同醉与闲平"以下写酒酣耳热之际的闲谈和赋诗。这里是一种"移情"的描写，春来春归本是自然现象，是不以人的情感要求为转移的。但是在纵情欢饮、恣意享受的词人的感觉中，许多美好的景色似乎永远不会消亡，明媚的春光似乎永远都在伴随着词人，这不是错觉，而是一种"移情"，十分真实地体现出了词人的心态。结尾两句，醉已成为"同醉"，评也已成"闲平"，赋诗和评论，以羯鼓声停为限，也反映了其寻欢作乐的一种方式。

全词通篇都是描写饮酒赋诗的闲逸生活，抒发了追求及时行乐的思想感情。但是这首词以意起篇，以景会意，表现结构上顺畅完整，别具特色。词中表现的内容比较紧凑，从另一方面也昭显了词人驾驭语言的较高功力。在语言使用上，全词都有一种明白直快的特点。开篇即如与人对话，相对而劝，自然朴实，后边的"何妨"以口语入词，亲切可人。"同醉""闲平"等，既明白，又质朴，准确而又生动。整首词都体现了一种不事雕琢、自然清新的语言特色。

谢新恩（秦楼不见吹箫女）

秦楼不见吹箫女，空余上苑风光。粉英金蕊自低昂。东风恼我，才发一衿香。

琼窗梦留残日，当年得恨何长！碧阑干外映垂杨。暂时相见，如梦懒思量。

秦楼上已经不见了吹箫的仙女，只留下空荡荡的皇家上苑的风光。东风随意吹拂，粉英金蕊的花儿随风绽放，无人欣赏，才发出一阵袭人衣襟的芳香便败落了。

琼窗锦户中，遥想当年两人相处的情景多么美好，而现如今伊人不在，遗恨无穷。昔年两人曾一起在垂杨处依恋相爱，如今都看不到了。相处的时光那样短暂，如做梦一样，懒得再去想那些事了。

鉴赏

这首词写李煜对娥皇的怀念之情。据记载，李煜18岁迎娶娥皇，即位后立娥皇为皇后。娥皇擅音律和歌舞，又通书史，艺术造诣非常深，与同样喜欢艺术的李煜琴瑟和鸣，两人一起度过了十年恩爱幸福的时光。十年后，娥皇因病去世，李煜十分悲痛。他为娥皇写下多首悼亡词，表达自己对爱妻的思念。

上阕是就眼前之景而抒情。首句以"秦楼女"代指所怀之人，不仅写其容貌，更写其才艺，加深入思念之情。因为是独自面对，不得与所爱者共享，一切的美好就只是徒然。那么即使是"上苑风光"，也只是"空"有，只是多"余"，风中花木不过是"自低昂"而已，尽写其无奈之感。"东风恼我"，其实是说"我恼东风"。"恼"字写人的烦恼，不言自己，却去怪罪于东风，很是生动。说这东风是如此地不理解人的心情，偏偏要在这孤独寂寞之时，吹开这满苑的春花，让人染上一身的花香，撩拨心情，不能自已。李煜的心情不能排解便去责难东风，言得无理，也就言得无奈。

下片写回忆与心情。"琼窗"写美好，"残日"是留恋，尽写出当时情景虽然美好，却已经存在着不能如愿的遗憾，因此说是"当年得恨何长"。此句有两种解释，一为还沉浸于爱情的甜蜜之中时就已经预见了分别的痛苦，重点在"当年"。二为当时爱情越短暂，就越深刻，以至于"长恨"到今天，重点在"何长"。无论何解，都是表现其"恨"，而这"恨"是如此深刻与悠长，相聚时的碧栏杆、绿纱窗，分手时的杨柳树、长丝绦，历历在目，而越是思量，越是难忘，越是叫人痛苦难当。结句"暂时相见，如梦懒思量"，当时已经是短暂如梦，纵使今天相见又能如何？依然是短暂如梦啊。

上下两片以转折相对，没有过渡，似乎在情绪上有一隔断。但是，下片中的"碧阑干外映垂杨"，以记忆中的景物对照眼前的"上苑风光"，结句中的"如梦"又回应着首句的"不见"，两阕之间仍有着若明若暗的感情线索，使通篇的写景、抒情融为一体。

谢新恩（樱花落尽阶前月）

樱花落尽阶前月，象床愁倚熏笼。远似去年今日，恨还同。

双鬟不整云憔悴，泪沾红抹胸。何处相思苦？纱窗醉梦中。

译文

满树的樱花无声地飘落在洒满月光的石阶前，独坐象床之上，愁绪满心地倚着熏笼。思绪飞向去年今日，心中愁绪依旧。

由于未理双鬟，显得很憔悴，泪珠滴落，沾湿了红抹胸。相思在何处最苦呢？在闺房纱窗下的睡梦之中。

鉴赏

"谢新恩"为唐教坊曲名。这是一首相思之词，描写了女子思念意中人时的愁苦之情。

词的开篇创造了一个朦胧的境界，夜晚，庭院里月光融融，台阶前樱花洒满地。女子漫步于庭院，心情本应十分愉快。可樱花落尽，意味着时光流逝，她的意中人却迟迟未归，相思之情不由浮上心头。前二句直接写人，刻画出一个愁容不展、孤苦寂寞的女子形象。一个"愁"字，既照应了首句景色描写，也点出了女子此时此刻的心境。本来落花满地、冷月当空就是最易引人伤怀的景象，而此情此景中女子的愁思更是有原因的。"远"字不仅有时空上的概念，而且有程度上的意义。时间越久，愁思越长，相距愈远，别恨愈深。也许是"去年今日"相别离，但此愁此恨却绵绵不止。说"还同"，其实还不相同，"去年今日"是新愁，但今年今日却已是旧愁新恨都在心头，愁更切，恨更深。

下片写女子回到房间内，斜倚着薰笼，望着袅袅炉香，思绪也如那缕香一样飘忽不定。相思的痛苦使得她容颜憔悴，"双鬟不整"反映出女子内心的痛苦和麻木。泪沾抹胸，说明其流泪之多。这两句从外表和动作表现了女子内心的愁苦。结尾两句既是写实，又有寓意。一方面，相思之苦无可解，写出了女子愁苦无依、无可奈何的心情。另一方面，进一步渲染了女子的愁绪。最苦的是哪一处、哪一种情形？不是别的，而是"纱窗醉梦中"，梦中醉眼相见，也许欢情无限，可惜梦醒之后，无限欢情转眼成空，不但无以慰藉，反而因梦中的欢会而平添许多愁怨，所以最苦是梦中。末句以设问写出，寓意丰富，含蓄蕴藉，女子的愁思怨情被表现得淋漓酣透。

全词以女子的愁绪为中心，以景物描写为映衬，以容颜举止为画笔，于相同中见不同，虚实相映、生动感人。笔意含蓄，手法高妙，艺术造诣较高。

谢新恩（庭空客散人归后）

庭空客散人归后，画堂半掩珠帘。林风淅淅夜厌厌。小楼新月，回首自纤纤。

春光镇在人空老，新愁往恨何穷。金窗力困起还慵。（下缺）一声羌笛，惊起醉怡容。

译文

宴会结束后，宾客都各自回去了，只留下冷清的庭院，画堂中珠帘半掩。长夜漫漫，听风吹过林梢，更加冷清。抬头仰望这纤纤的新月，备感清冷。

春光虽正好，人却无端端老去，新愁往恨什么时候会穷尽啊？只想醉卧不起，但是醉后的欢悦，偏偏被羌笛声惊扰。

鉴赏

这首词应是李煜在位后期的作品。李煜面对南唐的日渐衰微而深感无力，面对宋军的步步紧逼而无力退敌，国势危急，因此愁怨满怀。整首词没有了往日的纵情欢娱，字里行间暗示着国家形势的危急。

词的上片写人散后的寂寞。宴会过后，宾客离席，庭院一片空寂，夜月一片冷清。当人全部散去，只剩空荡的庭院，珠帘半掩，因为没有人来，所以也静止不动了。主人公听着风声，觉得夜那样漫长，似乎永远也不会过去。回首看小楼月色，新月依旧那样纤巧。所有的场景都给人一种清冷空灵的感觉。主人公应是一个寂寞满怀的人。每一种景物、每一个场面都蕴含了一种无法言表的落寞之感，"厌厌"和"纤纤"等词，更是烘托了主人公无以自遣的惆怅之情。从词的写法上看，此词以空起、以静收、虚者多、实者少，情绪气氛浓，直言胸臆淡，有空灵之感。

下片写主人公早晨睡醒之后感愁伤恨的心情。春光依旧明媚，人却在新仇旧恨中一天天变老。眼前美景并不能吸引主人公、给主人公以愉悦，往日今日的新愁旧恨总是郁于心头。爱妻和儿子的先后离去，七弟李从善被扣押在汴京不得归，国事日渐衰微，宋军步步紧逼，这些令李煜只想醉卧不起。可是一声羌笛，还是惊醒了醉酒的人。形象地表达了人物此时心理的脆弱。

这首词的上片，从景色描写来看应是秋景，而下片是春怨，而且两片词的韵脚不统一，由此可以推断，是两片词各失一半，被后人凑在一起的。但两片词的意境还是有统一的地方，都是描写人去楼空、寂寞无聊的心情，所以才使两首词合为一首成为可能。

谢新恩（冉冉秋光留不住）

冉冉秋光留不住，满阶红叶暮。又是过重阳，台榭登临处，茱萸香坠。

紫菊气，飘庭户，晚烟笼细雨。噰噰新雁咽寒声，愁恨年年长相似。

译文

留不住的秋光慢慢在消逝，台阶上洒满了红叶，落入暮色中。转眼又到了重阳节，登临高台和水榭眺望，到处都插满了茱萸香坠。

庭院中飘着紫菊的香味，烟笼细雨。新雁的鸣叫充满了凄寒，愁恨年年如此相似。

这首词为李煜被改封陇西公时所作，通过写重阳节的习俗抒发秋怨。重阳节有登高、赏菊的习俗。被囚禁在汴京的李煜，其登高、赏菊之中，却透露出一种国破家亡后的"仇恨"。他笔下的"重阳"，想必正是他一生过得最凄苦的一个重阳。但他从个人的悲苦中挣脱出来，看到了人世间普遍的无奈与愁苦。

词的开头二句先写秋光逝去，无法挽留，为全词定下了悲愁叹惋的基调。满地的红叶，正如词人凋零的心情，无法收拾、任凭飘零。词人对景物的描写很充分，从"红叶"满阶到"重阳"登高，既有"茱萸香坠"，也有"紫菊气飘"，时看"晚烟笼细雨"，时闻"新雁咽寒声"。这些景物描写，虽然也有些许欢乐热闹的，如重阳登高，佩茱萸以驱邪等，但更多的却是"红叶""晚烟""细雨""新雁"等引人惆怅的凄冷景象。"暮"字既写出了时间的变化，又点出了词人黯淡的心情。"又"字透露出词人独处的时光已非一年。从前的"重阳"，群臣相拥、舞榭歌台、整日笙歌。今日的"重阳"，已然成为阶下囚，孤独寂寞、朝不保夕。接下来再写暮秋景色，"茱萸"是近观所见，"晚烟"一句写远望所及，形成一幅晚秋烟雨图画。结尾两句从听觉写，又闻新雁咽寒之声，雁是候鸟，一年一来回，照应了首句"秋光留不住"。在这嗷嗷雁声中，李煜不禁想到自己无人作陪，只有"愁恨"相伴，而且年年如此。词在情景交融中结束了，给读者留下无尽的回味。

"惆怅"是悲秋的主要内容，但是在这首词里，它的表现更为自然婉致。李煜词多有以情见景的写法，但这首词他用的却是以景见情的方式。整首词大部分都是在写景，都是在营造氛围，只是到了最后才点明主旨。这种写法铺垫充分、自然流畅。

破阵子（四十年来家国）

四十年来家国，三千里地山河。凤阁龙楼连霄汉，玉楼琼枝作烟萝。几曾识干戈。

一旦归为臣虏，沈腰潘鬓消磨。最是仓皇辞庙日，教坊犹奏别离歌。垂泪对宫娥。

译文

南唐建立已有四十年历史，拥有延绵三千里地域的山河。宫殿高耸入云，宫苑内各种珍贵的名花奇树，藤萝缠蔓。何曾见过战争呢？

自从做了俘虏，就日渐消瘦，白发初生。最伤心的是那天慌张地辞别宗庙的时候，教坊里还在演奏着别离的悲歌，这种生离死别的情形，令我悲伤欲绝，只能面对宫女们垂泪。

鉴赏

宋太祖开宝八年（975年），宋军攻破南唐都城金陵，李煜不得已投降。第二年他被押往汴京。自从被俘后，李煜就失去了人身自由，过着被囚禁的屈辱生活。从一国之君到阶下囚，李煜难以面对这残酷的现实，却又无力回天，因此他身体日渐消瘦，鬓边白发日增。李煜的这首词，表现了故国之念和亡国之恨。

词的上片写南唐曾有的繁华。前四句极力铺陈故国河山、宫殿楼阁的壮丽辉煌，这片繁荣的土地未曾经历过战乱。这四句看似平平，但却饱含了李煜对故国的自豪与留恋。然后接着怀念宫廷的生活，李煜从小生于宫廷，长于宫廷，又沉湎声色，醉心于诗词，从来不知战争为何物，所以"几曾识干戈"。"几曾识干戈"也是顺着前面奢华的宫廷生活而来的，至此峰回路转，承上启下，引出下片为臣掳的情景。结构的转变，反映出词人命运的剧烈变化，更抒发了他的自责与悔恨。

下片写李煜成为囚徒后的屈辱生活。"一旦"二字承上片"几曾"之句意，急转直下，被俘后，他身形日渐消瘦，也长出了白发，每一天都在痛苦中煎熬。"沈腰"暗喻自己像沈约一样，腰瘦得使皮革腰带常常移孔，而"潘鬓"则暗喻自己像潘安一样，不到四十鬓边就长出了白发。李煜用这两个典故，表达出他内心的愁苦凄楚。

回想起拜别祖先的那天，匆忙之中，偏偏又听到教坊里演奏别离的曲子，又增伤感，不禁面对宫女恸哭垂泪。教坊的歌舞曾是李煜所钟爱的，然而此时的笙歌已不能带给他快乐，只会增加别离的悲哀。上下两片形成鲜明对比，揭示了李煜内心绵延不尽的亡国哀愁。

整首词通俗易懂，但感情却深沉郁结。李煜词之所以有语浅情深的艺术效果，主要在于他能直率地披露亲身感受。沦为阶下囚，他实已无路可退，一腔愤恨无处发泄，只得宣泄于笔端。读李煜的词，往往能感受到一种开诚相见的情愫与毫不掩饰、绝无拘束的勇气。

唐圭璋在《唐宋词简释》中评价这首词"今昔对照，警动异常"。这首词对比手法的运用效果十分明显。上片写家国统一、山河广阔、宫阙巍峨、花草鲜美，反衬出词人被俘后的凄凉悲苦，从而揭示了他绵绵不尽的哀愁的源头。这种手法也被广泛地运用在李煜后期的词作当中，可以看出他那强烈的今昔之感。

吴梅在《词学通论》中便指出："二主词，中主哀而不伤，后主则近于伤矣。然其用赋体不用比兴，后人亦无能学者也。"吴梅将后主词这种直抒胸臆的手法称为"赋体"。李煜晚期词直

浪淘沙令（帘外雨潺潺）

帘外雨潺潺，春意阑珊。罗衾不耐五更寒。梦里不知身是客，一晌贪欢。

独自莫凭栏，无限江山，别时容易见时难。流水落花春去也，天上人间。

译文

门帘外传来潺潺的雨声，春天将要过去了。即使罗织的锦被也抵挡不住五更时的寒冷。只有在梦中我才能忘掉自己是羁旅之客，才能享受片刻的欢愉。

独自一人时不可倚栏远眺，徒增悲伤。故国千里江山，离开很容易，想再见一面就很难了。过往就如同流失的江水和凋落的花跟春天一起离开，今昔对比，一个天上，一个人间。

鉴赏

《西清诗话》里写道："南唐后主归朝后，每怀江国，且念嫔妾散落，郁郁不自卿。尝作长短句帘外雨潺潺云云，含思凄婉，未几下世。"从中可以看出李煜被俘之后内心的凄苦。全词以当下的囚禁生活和梦中短暂的欢愉相对比，在婉转凄凉的基调中，道出了亡国之君思念故国的伤痛之情。

词的上片采用倒序手法，描写梦醒之后的见闻。夜深人静时，外面潺潺的雨声惊醒了李煜的梦。前两句写晚春深夜，帘外雨声潺潺，表达了李煜对春天即将逝去的叹惜之情。"帘"是一种阻隔，"细雨"是一种连绵不断的侵袭，春意是美好的，可它却要将尽了。将尽的不只是眼前的季节，更是指示了故国的衰亡和个人生命的终结。

五更时分，李煜从梦中醒来，感觉寒气逼人，即使身盖罗衾，也抵挡不住寒气，而这种"寒"又是通过"罗衾不耐"来表现的。这是古典诗词中常用的一种借外物抒发主观感受的写法。"罗衾"可以看作是一种保护、一种温暖，"寒"可以看成一种摧残。这个保护太薄弱，不足以抵御作者受到的伤害。一个"寒"字，表现了李煜内心的凄苦。

梦醒后的痛苦又为梦中的情景做了铺垫，既然醒着那么痛苦，不如长梦不醒。因为只有在梦里，才能忘记自己是亡国之君、阶下之囚，才能享受片刻的欢乐。梦里的"一晌贪欢"是对往事的沉迷和追忆。一个"客"字，道出了李煜被囚禁的身份。以梦醒后之苦与梦中之乐作对比，更凸显李煜内心的悲凉。可惜，梦里的欢乐是虚幻的，现实的苦是残酷的，纵然再贪恋梦中的欢乐，也只是"一晌"。一个"贪"字表达了他对昔日美好的尽力索求。

下片写天亮后的场景。"独自莫凭栏"，独自说明李煜的孤独，"莫"是在告诫自己不要"凭栏"，因为"凭栏"远望，就想看昔日的故国，然而故国与汴京相隔遥远，欲见不得，徒唤奈何。"别时容易见时难"，"别"指的是离开金陵，押往汴京，"见"指现在囚禁汴京，思念故国，欲再见故地。前者容易后者难，一易一难间，蕴含了李煜的故国情思，还夹杂着无尽的悔恨。

词末分别用流水、落花、春去三个流逝不复返的意象，进一步表现李煜对人生的绝望。"天上"与"人间"是欢乐与痛苦的两极，也是李煜过去与现在生活境况、心态的写照。水流花落、春去人逝，这不仅是词的结束，更是李煜一生的结束，整体基调凄凉无限，欲言又止。

当代词学大师唐圭璋在《李后主评传》中说此词"一片血肉模糊之词，惨淡已极。深更三夜的啼鹃，巫峡两岸的猿啸，怕没有这样哀"。

渔父（阆苑有情千里雪）

阆苑有情千里雪，桃李无言一队春。
一壶酒，一竿身，快活如侬有几人？

译文

江面浪花翻滚，推动着雪花层层叠叠，像相爱的两个人缠缠绵绵。桃树梨树竞相开放，人们边走边看，笑眼莹然迎着美丽的春天，美景让人流连忘返。

带上一壶酒，手握一支鱼竿，像我这样逍遥快乐的还有几个人呢？

鉴赏

李煜咏自然的词很少，这首很具有代表性，是少有的毫无愁怨、轻松快活的词作。

渔父为词调名，《历代诗余》中作渔歌子。《词谱》云："唐教坊曲名。"《诗话总龟》："予尝于富商高氏家，观贤画盘车水磨图，及故大丞相文懿张公第，有《春江钓叟图》，上有南唐李煜金索书《渔父词》二首。"又《宣和画谱》卷八："卫贤，长安人，江南李氏时为内供奉，长于楼观人物。尝作《春江图》，李氏为题《渔父词》于其上。"从中可以看出，这是一首题画词，是其为南唐内供奉画家卫贤所绘《春江钓叟图》题的词。一共两首，此为其中之一。

在重诗词书法的父亲的影响下，李煜从小耳濡目染，擅长诗词，且聪慧过人，深受父亲喜欢。作为长子的李弘冀，难免对其有忌恨之心。面对长兄的敌意，李煜只好避其锋芒，整日与诗词作伴，表现出一副消极遁世、无心皇权的样子。在此期间他创作了《渔夫词》二首。

这首词开篇入画，写江水翻涌如雪，滚滚而来，一望无际，境界阔达。第一句运用了比喻的修辞手法，把阆苑的"浪花"比作"千里雪"，给人以新鲜、动感。浪花翻滚本是"无意"，但作者却说它"有情"，用拟人的修辞手法写出了渔父和大自然的亲近之情。岸上，一排排的桃李竞相开放，把春天装点得花团锦簇。一个江里，一个岸边，浪花和桃李，一远一近，动静结合，一副春江美景就这样映入眼帘。"阆苑有情千里雪"一作"浪花有意千重雪"。

接着，作者把目光转向渔父，只见他身上挂着一壶酒，手中握着一支鱼竿，天地之大，渔父想去哪儿就去哪儿，多么自由，多么快活！最后，作者以第一人称反问道："快活如侬有几人？"这样的反问，颇有苏东坡"竹杖芒鞋轻胜马，一蓑烟雨任平生"的潇洒与坦然。

渔父的生活实际上是隐士的生活，因为在古代，渔翁常年生活在青山绿水之间，显得自由自在。所以在古人的眼里，渔父是潇洒、浪漫的行为艺术家，是隐士的标准像。在我国古代各种文学作品当中，渔父的"出镜"概率非常高。李煜为他人的画作题词，他本为欣赏者，可是在词里，他仿佛一下跳入了画中变成了渔翁，并纵情地高歌"快活如侬有几人"，痛快淋漓地表示自己的惬意和自由。

整首词直抒胸臆，表现出作者对隐逸生活的向往。这首词语淡情疏，清丽简约，诗情与画境浑然一体，趣致盎然。

渔父（一棹春风一叶舟）

一棹春风一叶舟，一纶茧缕一轻钩。

花满渚，酒满瓯，万顷波中得自由。

译文

在春风中我驾着一叶小舟，一边饮酒一边垂钓。

远处长满鲜花的小洲，手中举着斟满美酒的杯盏，在无边的波浪中获得了无尽的自由。

鉴赏

此词与前一首《渔父（阆苑有情千里雪）》同为《春江钓叟图》所题之词，但表达的意趣有所不同。前一首传达出渔父的快活，这一首更注重描绘渔父的自由。无论是体现渔父的快活还是自由，归根到底，都反映出作者的避祸之心和遁世之思。

首句点明渔父是在小船上。"棹"字本来为名词，是一种划船的工具，在这里名词作动词用，很是生动，仿佛木桨划动的不仅是水，还有春风。这种修辞手法让春风突然就有了形态和动态感。春风吹动了扁舟，让其在江面自由划动，一个"棹"将静止的画面写活了。读者看到"棹"字，首先联想到水，但后面的扁舟却没有写水，"一棹春风"把春风和绿波的关系联系在一起，还与后面的"万顷波中"前后呼应。此处写景，准确、传神地把静态画面写活，不但加强了春风与水的关系，还与后文相呼应，可谓一石四鸟。这一句奠定了整首词温暖、柔和、从容的基调。渔父划着一叶扁舟，在春风的吹拂下，于万顷波涛中随意出没，在广阔天地中，在烟波缥缈间，渔父和他的小舟显得遗世独立。渔父时而会放下一个"轻钩"，而"钩"之所以"轻"，是因为无鱼上钩。有没有鱼儿上钩，渔父根本不在乎，当渔父无所求的时候，天地之间就更为广阔。此句让整个画面继续保持着柔和的氛围，而四个"一"字连用，不但不显重复，反而有一气呵成、悠然不断之感。四个"一"字与"万"形成互相照应的关系，形成一种张力。

　　紧接着，作者将视线转回到开满鲜花的沙洲之上，望着那里的美景，兴致来时品一口美酒。"酒满瓯"，短短三个字，就将渔父神情饱满、志逞意得的形象刻画出来。"花满渚""酒盈瓯"都用了"满"字，其实满的不只是小渚和酒瓶，更是渔父内心的满足和欣喜之情。看似是实写景物，其实是在写情写心。就在这一片和谐中，才真正感受到了谁的？逍遥和自由。"自由"二字一出，作者的意趣畅然跃然纸上。

　　"万顷波中"，这四个字使得这首词在眼界上比上一首词更加开阔，"得自由"也比上一首的"快活如侬"更加彻底。这首词在境界上比前一首更广阔。

　　李煜选择用"渔父"作词牌名，这当中包含了他的理想和愿望。身份的显赫让他无法做渔父，即使偶尔泛舟小酌，也无法真的在"万顷波中"随意漂流。李煜深知现实的残酷，但他更希望用想象中的美好来填补现实的无奈。

当李煜还是皇子的时候，就频频感受到来自兄长的敌意，他不得已采取了退让和逃避的对策，把自己投入艺术和自然之中，当起了"隐士"。虽然他的"隐"是迫于无奈，但欣喜的是，李煜竟然从中找到了真正的快乐和自由，获得了一片广阔的精神家园。

乌夜啼（无言独上西楼）

无言独上西楼，月如钩。寂寞梧桐深院锁清秋。

剪不断，理还乱，是离愁。别是一般滋味在心头。

译文

沉默不语，独自一人登上西楼。抬头仰望，只有那一弯如钩的冷月。低头看去，夜晚的梧桐树孤单地伫立在院子里，幽深的庭院笼罩着清冷萧瑟的秋色。

那剪都剪不断，理也理不清的，是离别的愁苦。这清冷的秋色，却又是一番无法言说的滋味，萦绕在心头。

鉴赏

李煜被俘后被幽禁在一处庭院中，失去了人身自由。此外他的妻子小周后经常遭凌辱，他自己也随时可能被害。曾经贵为一国之君，如今却为阶下之囚，这种强烈的反差令他痛苦得近乎麻木，他的烦恼太多，只能用"剪不断，理还乱"来形容。

词的上片写愁景，以凄清笔触烘托环境；下片写离情，以暗喻手法寄托哀思。

"无言独上西楼"，无言，既是无法诉说，也是无人可说。亡国的悔恨，对故国的思念，这些只能由词人独自承受。冷月高悬、月光如水，寂寥的月光映照着孤身一人的词人，使其显得更加凄婉落寞。"独上"更显形单影只。"独上"既是"无言"的补充说明，又是它的深化，两者互为因果。本来"无言"已使人难过，"独上"则更令人惆怅。带着满腔的惆怅独自登上西楼，词人看到新月如钩，愁绪更深。在古典诗词当中，西楼这个意象多用来指代遥望、思念、排遣忧伤之地。院子里的梧桐，天上的新月，构成立体的时空境界。梧桐本没有寂寞，但词人偏把它想象成寂寞，这里采用拟人手法，借助于通感，把梧桐想象成为一个历尽苍桑、甘居寂寞的老人，以衬托自己不耐寂寞的心理。词人想象秋天如同被锁在深院，实际上，深院锁住的不只是梧桐树和秋色，还有词人的自由。"锁"字既反映出词人居住环境的封闭，又写出了词人内心的压抑。梧桐、缺月、深院、清秋，这几个意象共同渲染出一种凄凉的境界，反映出词人内心的凄苦和孤寂。

　　无穷尽的悲苦长期压抑在心中，所以才说"剪不断，理还乱"。词人把无形的离别愁思用有形的丝麻来体现，形象生动地展现了他的愁苦哀思，又让我们若有所见，身临其境，与词人感同身受。这里的"滋味"，显然超越了日常的舌尖之味，这是离别的愁思，是对故国的怀念，直击心灵的最深处。

　　沈际飞《草堂诗余续集》评价说："七情所至，浅尝者说破，深尝者说不破。破之浅，不破之深。'别是'句妙。"

　　唐圭璋在《唐宋词简释》中说："此首写别愁，凄惋已极。'无言独上西楼'一句，叙事直起，画出后主愁容。其下两句，画出后主所处之愁境。举头见新月如钩，低头见桐阴深锁，俯仰之间，万感萦怀矣。此片写景亦妙唯其桐阴深黑，新月乃愈显明媚也。下片，因景抒情。换头三句，深刻无匹，使有千丝万缕之离愁，亦未必不可剪，不可理，此言'剪不断，理还乱'，则离愁之纷繁可知。

所谓'别是一般滋味',是无人尝过之滋味,唯有自家领略也。后主以南朝天子,而为北地幽囚,其所受之痛苦,所尝之滋味,自与常人不同。心头所交集者,不知是悔是恨,欲说则无从说起,且亦无人可说,故但云'别是一般滋味',究竟滋味若何,后主且不自知,何况他人?此种无言之哀,更胜于痛哭流涕之哀。"

整首词上片写景,下片写情,情融于景,自然天成,意境深远,是婉约词的代表作之一。

捣练子（云鬓乱）

云鬓乱,晚妆残,带恨眉儿远岫攒。
斜托香腮春笋懒,为谁和泪倚阑干?

[译文]

美人头发散乱,晚妆不整,微皱的双眉满含恨意。
白嫩的手斜托着面颊,靠在栏杆上,是在为谁伤心流泪?

[鉴赏]

这首词写女子春怨相思的情景。开篇二句写头发、写面颊,虽明白但并不传神,是暗写侧描。三句"带恨眉儿"一语点破,不知何恨,不明白但却极传神,抓住最具特点的细致景象进行正面描写。云鬓散乱、妆容不整,眉宇之间又含愁绪,紧锁不开。从外在形态表现了女子的愁怨。"攒"字是"带恨眉儿"的动作,用"远岫"喻之,不但妥帖传神,而且独具意蕴,"远岫攒"不可解,"眉儿攒"也不可解。此恨之深,自可想见。

后两句中，女子手托香腮，含泪凝望，"斜托"这一细微动作将内心的愁怨表现了出来。在古典诗词中，"倚栏杆"往往表示远眺。晚妆点出时间，天色已晚，已经望不见什么人了。这里有两层意思，一为白天没有见到心心念念的人，二为即使天色已晚，却仍盼望能见到心中所想之人。"为谁"二字使前面不明朗的词旨一下子明朗起来，把何以成"恨"的原因也表现出来。

全词字字无关相思，但字字写尽相思，用形态写心情，用远山比喻愁绪，淡远悠长，将女子思念的心情描写得细腻真切。

唐圭璋在《词学论丛·李后主评传》评论这首词："这首所写的美人，不是严妆，也不是淡妆，是一个乱头粗服的美人，有'天寒翠袖薄，日暮倚修竹'的矜贵，而加上了愁恨的态度。"

长相思（一重山）

一重山，两重山，山远天高烟水寒，相思枫叶丹。
菊花开，菊花残，塞雁高飞人未还，一帘风月闲。

译文

一重又一重的山，远远望不到尽头。远山与天际交界的地方，雾水蒙蒙，寒气逼人。相思像红了的枫叶一样。

菊花开了又败，塞北的大雁振翅南飞，我思念的人却还未归来。只有帘外的风月无思无忧。

鉴赏

《新刻注释草堂诗余评林》一书中在该词下加了"秋怨"二

字。这"秋怨",便是统贯全词的抒情中心。全词没有出现"秋""怨"的字眼,但通读全篇,便会觉得"秋怨"二字确实最为简洁、准确地概括了本词的中心。

上片描写了一幅寂寥旷远的群山秋色图,层次极为分明:"一重山"是近景,"两重山"是中景,"山远天高烟水寒"是远景。这一切都是跟着词人眺望目光的由近及远渐次展开的。山是一种巨大的、难以跨越的阻隔,且一重又一重。"烟水"是水面上泛起的层层水汽和雾气,水面像笼罩在青烟之中。"山""天""水"海陆空三方面的阻隔,更添加了悲伤之情。"烟水寒"的"寒",并非仅仅用来形容"烟水",而且还传达出了词人的心理感觉。正因为久望不见,更添哀伤,心头才滋生了寒意,所以目中所见皆带寒意了。词人"望尽天涯路"而无所得,只得收回目光,不经意地扫视周遭景物,瞥见不远处有红似火的枫叶,而思念之情就像红叶一样炽烈。"相思"一词的出现,使得词旨豁然显现。

下片便顺着"相思"写起,着重刻画词人的心理活动,写心中所念之事。"菊花开,菊花残",用短促、相同的句式,点出时间流逝之快,暗示了词人相思日久,怨愁更多。紧接着"塞雁高飞人未还",乃触景生情。塞外大雁尚且知道逢秋南归,那飘泊在外的人为什么还见不到踪影呢?用雁知"归"来反衬人不知"还",就更深一层地表现出了内心的怨苦。虽然怨恨,但"相思"更甚。"一帘风月闲",刻画出了词人由于离人不归而对帘外美好景致无意赏玩的心境。同时表达了青春易逝、年华虚掷的感慨。

全篇围绕"秋"来表现相思之意,描写了众多秋天的景物,山水、枫叶、菊花、北雁,无一"秋"字,却秋意凛然,呈现一派清冷寂寥的景色。无一个"怨"字,却愁怨满篇。词人以景言情、以景衬意,极具感染力。

俞陛云评价此词:"此词以轻淡之笔,写深秋风物,而兼葭怀远之思,低回不尽,节短而格高,五代词之本色也。"

卷二 李煜存疑词

柳枝（风情渐老见春羞）

风情渐老见春羞，到处芳魂感旧游。

多见长条似相识，强垂烟穗拂人头。

美好的年华已经逝而不返，见到春天已让人感到害羞，再到昔日同游的地方走走，真让人感到失魂落魄。

那些似曾相识的柳枝，他们争相将茂密的穗条垂下来，轻拂我的头。

宋代姚宽在《西溪丛话》中写道，"毕景儒有李重光（李煜字重光）黄罗扇李白写诗一首云：'风情渐老见春羞，到处销魂感旧游。多谢长条似相识，强垂烟态拂人头。'后细字云'赐庆奴'。庆奴似宫人小字，诗似柳诗"。

清代《御选历代诗余》卷一百十三引《客座赘语》：南唐宫人庆奴，后主尝赐以词，云："风情渐老见春羞，到处芳魂感旧游。多见长条似相识，强垂烟穗拂人头。"书于黄罗扇上，流落人间。盖《柳枝词》也。

宋代张邦基有云：江南李后主尝于黄罗扇上书赐宫人庆奴云"风情渐老见春羞……"想见其风流也。扇至今传在贵人家。由此可见，这首词当是李煜前期的作品。是李煜代宫女庆奴书、书后赐与庆奴的，所以词中的主人公是宫女。

开篇"风情渐老"直写女子青春不再，人老色衰。"见春羞"是自觉羞于见春之意。春花盛开，春色明媚，是女子容颜娇美艳丽的映照，而此时不敢与之相比喻，说明了女子年华已逝、美艳不复当初的自伤自艾。顾起元评价此句："'见春羞'三字，新而警。""到处"是指女子原在宫中受宠时的恩爱欢情，处处都曾留下过她与他的足迹和影子。此处用来颇有深意，既表示对过去的无时无刻的怀恋，也喻示出如今处处见情伤心、触情生愁的感慨。"芳魂感旧游"，这里的"旧游"可以指过去同行游赏的人，也可以指曾经游览过的地方。旧地重游，情已不再，怎能不黯然魂消。"多见"句以柳枝相喻，"似相识"照应"感旧游"，正是女子怀思、处处生情的真实写照。"强垂"二字愁意渐深，柳枝本无"强垂"之意，但人总有邀宠之心，刻意求宠，而又因"风情渐老"而求宠不得，所以勉强不来的无可奈何之情让人感伤不已。一个"拂"字，写出了柳条柔软飘动的姿态。

全词以第一人称口吻写成，感叹韶华已去，青春不再。既有直叙，也有妙喻，通过宫女的感伤情怀侧面透露出她的不幸身世，虽是李煜代笔，但个中深情却真切动人。词中以柳枝喻人，柳无心而人有意，更添感慨。以"强垂"喻境，比喻别致、生动，手法清新、自然，情景交合，颇为感人。

后庭花破子（玉树后庭前）

玉树后庭前，瑶草妆镜边。花不老，月又圆。莫教偏，和月和花，天教长少年。

译文

珍贵稀有的佳木种植在前庭后院，瑶草布满了室内镜边。花树依然生机勃勃，繁花锦枝，又在今年的月圆之夜竞相开放，香气袭人。花好、月圆都不可偏废，请让青春年少，如同这花月一般永驻。

鉴赏

关于这首词的作者一直以来存有疑义。沈雄《古今词话》"词辩"云："《后庭花破子》，李后主、冯延巳相率为之。"

这首词抒发了词人对美好生活的向往和对青春年华的依恋之情。玉树、瑶草、花、月，都象征着美好的生活、青春的依恋，而这种浓厚的依恋，却正是建立在明知以后将要失去的无奈和恐惧之上的，这种感情在李煜词中是不常见的。

词开篇两句写景，点明地点和环境，渗透出词人对美好生活强烈的依恋之情。"花不老"和"月又圆"，写美好的生活画面。时间的推移并不能使美好的事物转变，"花不老"并不是真的花从不凋谢，而是在人眼中永不凋谢；"月又圆"也不是今日才圆，而是未见缺，只见圆。这里的描写，以心理真实去刻画生活真实，用情感真实塑造艺术真实，表现出词人对美好幸福生活的独特感受。这种感受在后三句中得到了集中体现，词人把过去的感受化成独特的人生期待和追求，他希望能真的如自己想象的那样，花不凋、月常圆，人和花、月一样，青春永驻、幸福长存。

李煜前期的作品中春怨秋闺词很多都有对人生的感叹和希望，但有如这首词热切的企盼和依恋的情绪的并不多见。究其原因，大概因为他那时并不能真正体味到"失而弥珍"的道理，所以他前期作品虽然怨深愁切，但对生活的底蕴却并未有更深的感触。只有当他真正体味到一切将失而不能复得时，才能真正对这一切产生深深的依恋，而这种依恋恰恰是建立在对未来的恐惧和忧虑之上的。由此可见，这首词大概为李煜中期的作品。

这首词的对仗工整优美。"玉树后庭前，瑶草妆镜边"是空间景物的对仗;"花不老,月又圆"是时间景物的对仗,所有这些又都融合成统一的艺术形象。

这首词篇幅短小,语言明白如话,但字字寓有深意,通俗中见别致,白描中见含蓄,表现了作者驾驭文字的较高功力。

更漏子(金雀钗)

金雀钗,红粉面,花里暂时相见。知我意,感君怜,此情须问天。

香作穗,蜡成泪,还似两人心意。珊枕腻,锦衾寒,觉来更漏残。

译文

我头插金钗,面带微红的羞赧,在花丛中与你短暂相见。你知道我对你的情意,我知道你对我的爱意,上苍可以作证。

香已燃成灰烬,红烛只剩下蜡泪一滩,恰似你我二人心意。枕上的清泪涟涟,只觉得锦衾被子格外寒冷,夜已经很深了,难耐更漏声声的敲打。

鉴赏

《花间集》中将这首词归为温庭筠所作。《尊前集》将其归为李煜,将其视为李煜为爱妻大周后所作的悼亡词。前半段写二人梦中相会,后半段写夜半对她的思念。

这首词虚实结合,上部分写梦境,下部分写实景,是一篇哀婉的悼亡词。上片由回忆当年的美好时光入手,反衬今日的萧索落寞。开头三句，描写女子整妆而往，在花丛之中与自己的情郎相见。"暂时"两字，透露出此种相见乃私相约会，故只能一时而不能长久。正因为写的是暂时在花中相见的一段情景，所以"金雀钗""红粉面"是相见时女子溢彩流光、热情饱满的面容。

前三句写梦中之景，后三句写梦中之情。"知我意"是对对方"知我""怜我"的感激，这是写情之深。"此情须问天"是对天盟誓，指天以明心的意思，这是写情之坚。由此可见，女子在会见时的感情是何等炽热、强烈。

词的下片写现在。前者言欢，后者写悲，描写女主人公由极乐到至悲的感情落差。从时间上看，写的是"暂时相见"之后；从内容上看，则是对女子内心感情的进一步描写。"暂时相见"之后，女子回到了自己的房间。刚才花里相会时的情景，以及会见时燃烧在女子心中的爱情的火焰，不但没有消失、减弱，反而更加鲜明、强烈。于是，女子将这内心的感情，化成了默默的誓言。"香作穗，蜡成泪"，是女子回房时看到的情景。香尽蜡灭，说明时已深夜。这里运用了托物寄情的手法。在女子看来，这香作之穗，蜡成之泪，是"两人心意"相合的象征。

在这首词里，男方的心意不是由男方自己说出，而是由女子代为说出的。这样写，当然是以女子亲身体验到男方的怜爱为基础的，但却更是以女子本身的感情为基础的。女子虽然知己之心，也知君之意，但毕竟只能"暂时相见"的现实给她的心情罩上了一层阴影。"暂时"之外的时间是多数的，而在这些时间里是不能相见的，这不能不使女子感到阵阵愁思。故结尾三句，词人以枕腻衾寒、更残漏尽、夜不能寐来写女子在"暂时相见"之后的孤独和寂寞，这是非常符合女子此时此地的心理状态的。也许，深夜难眠，孤寂难挨的女子，还在回忆着刚才"暂时相见"的情景，或者正在想着下一次的"暂时相见"。从这个角度说，此一结尾又是含蓄有味，余韵不尽的。

忆王孙（萋萋芳草忆王孙）

萋萋芳草忆王孙。柳外楼高空断魂。杜宇声声不忍闻。欲黄昏，雨打梨花深闭门。

译文

暮春时的萋萋芳草总是让人想起久去不归的游子。杨柳树外楼阁高耸，佳人终日徒劳地伫望伤神。杜鹃声声悲凄，令人不忍听闻。眼看又即将到黄昏，暮雨打得梨花凌落，深深闭紧闺门。

鉴赏

关于忆王孙（四首）的作者，宋代黄昇《唐宋诸贤绝妙词选》、明代陈耀文《花草粹编》都认为是宋人李重元的作品。但明人和清初之人将其认定为李煜所写。

这首词主要是通过写景传达出一种伤春怀人的情绪，那一份情思是通过景色的转换而逐步加深加浓的。在场景的转换上，词作又呈现一种由大到小，逐步收敛的特征。全词用一连串带有伤感的暮春景物来衬托相思的伤感，深切动人。

这首词主要是写景，首句"萋萋芳草忆王孙"化用西汉刘安《招隐士》的诗句"王孙游兮不归，春草生兮萋萋"，点明了时间、季节。草长莺飞、春光明媚的季节，茂盛的春草勾起女子强烈的思君情怀，也暗示往昔夫妇曾同游踏春的无限美满。如今，荒野上无边蔓延的春草，却如同女子心中的离愁别恨。接着词人写女子登高远望时所见的烟柳高楼。她目光寻遍古陌杨柳都不见归者的身影，通过写景传达出一种伤春怀人的思绪。

再欲远望，视线又被阻断。眼前的春柳也许会让她想起长亭送别的一幕。"空断魂"写出人物极度的悲伤失望，因此她闻杜鹃啼归而惊心不已，以致不忍听闻。远方的亲人也会听到这杜鹃啼归，却不见归来，这更让人肝肠欲断。最后词人由不忍闻的"杜宇声声"写到黄昏时分不忍睹的"雨打梨花"，伤情离绪更进一层。女子思夫的孤寂心情，伴随凄风厉雨更加魂消肠断，不忍再看落地梨花，遂关掩门户，不再见人。这给人以无穷遐思，悲苦难以尽言。全词一句一层渲染，层层推进，直至最后"深闭门"，大有此时无声胜有声之感，读来令人为之心恸。

全词写景由远及近，由开阔而细微，暗示颇多，抒情愈转愈深。此词利用传统意象，将芳草、烟柳、杜鹃、春雨、梨花诸物与所抒离恨别绪结合在一起，使之情景交融，所以意境深远而韵味悠长。

忆王孙（风蒲猎猎小池塘）

风蒲猎猎小池塘。过雨荷花满院香。沉李浮瓜冰雪凉。竹方床，针线慵拈午梦长。

译文

阵阵风猎猎吹来，掠过小池塘，掠过风中的水草，雨后的荷花散发着阵阵清香，弥漫整个庭院。为了消暑，这时候，把瓜李沉在井里用冷水镇，入口像冰雪一样清凉舒爽！躺在竹制的方床上，谁还有心思去拿针线做女工呢？只想美美的睡一个午觉啊！

关于这首词的作者，宋代黄昇的《唐宋诸贤绝妙词选》、明代陈耀文的《花草粹编》都认为是宋人李重元的作品，清代夏秉衡编《清绮轩诗词》始题为李重光（即李煜）所作。

这首词以细腻的笔触展现了一幅生机盎然的夏日风景画。他通过这首词表达了对夏天生活的热爱和向往，同时展现了他对生活的细腻观察和感悟。

词人选取了池塘、蒲草以及庭院、荷花这些场景，充满了浓浓的生活气息，更展现了一种清凉、惬意的氛围。"过雨"二字，令人感觉到出水芙蓉的温润和清爽。"沉李浮瓜"，观察细致，用词精准，不仅表现出各自的密度不同，而且具有季节特征。"冰雪凉"更让读者仿佛身临其境，感受到烈日炎炎下的清凉，也为尾句打下伏笔，以至于佳人也急切地盼望享受这舒爽的感觉。"慵拈"二字，立刻就将女主人公的神情展现得极其生动，也委婉地表达出词人对初夏时节的喜爱之情。

小令虽短，却勾画出一幅具有夏令特色的图画，别有情趣。这首词多化用前人的诗词，进一步抒发情感。明潘游龙在《古今诗馀醉》卷五中说"风蒲"句出自唐诗"青蒲如剑满池塘，猎猎迎风绿叶长"；而"过雨荷花满院香"则由韩诗"雨过池塘后，荷花满院香"而来。作者巧妙借鉴，将前人的两句变为一句，毫无雕凿痕迹。

忆王孙（飕飕风冷荻花秋）

飕飕风冷荻花秋，明月斜侵独倚楼。十二珠帘不上钩。黯凝眸，一点渔灯古渡头。

译文

深秋时节，风吹过芦花，月光斜洒下来，照在寂寞的楼头。门上的珠帘因无人前来从未挂上钩。神情黯淡地望着爱人远去的方向，只有渔家透出的一点灯火在暮色中闪闪发光。

鉴赏

《彊邨丛书》本《范文正公诗余》将这首词归于宋诗人范成大，《唐宋诸贤绝妙词选》将其归于李煜作品。

这首词以凄清的秋景为背景，抒发了词人的孤独和忧愁。首两句描绘了秋天的景象，词人以风吹荻花、飕飕飘摇、明月孤照、佳人倚栏独自遥望营造出一种凄冷孤寂的氛围，为全词定下萧瑟与凄清的基调。"明月斜侵独倚楼"，词人独自一人，倚楼远眺，望着斜挂在天边的明月，表达出孤独之情。同时，"独倚楼"暗示出词人内心的寂寞和失落。"侵"字带给人一种"风刀霜剑严相逼"的感觉。飕飕的秋风带来了寒冷，荻花随风摇曳。明月斜照进来，给人一种凄凉的感觉。这里的明月可以视为时间的象征，它斜侵进来，暗示着时光的流逝和人事的变迁。接下来的两句描述了词人独自倚楼的情景。十二层珠帘不上钩，进一步渲染了孤寂的氛围。最后两句描绘了古渡头的景象。渔灯只有一点微弱的光亮，暗示着词人回忆中的往事已经变得模糊不清，只剩下一丝微弱的痕迹。词人以小见大，通过描绘一盏渔灯，表达出人生的艰辛和世事的变幻莫测。

整首词以秋天为背景，通过描绘自然景象和人物情感，表达了词人对过去时光和故人的怀念之情。诗中运用了寥寥数语，展现了词人对时光流转和人事变迁的深刻感悟，给人以思考和共鸣的空间。词人的情感深沉而内敛，让人感受到他的内心世界是如此的丰富和复杂。

忆王孙（彤云风扫雪初晴）

彤云风扫雪初晴，天外孤鸿三两声。独拥寒衾不忍听。月笼明，窗外梅花瘦影横。

译文

阴云寒风已经完全消失，雪停后天气变晴。天空之外传来几声孤雁的鸣叫。声音凄厉，我独自躲在寒冷的被褥里，不忍听到外面的声音。明亮的月光笼罩着四周，窗外的梅花影子稀稀落落地映在窗户上。

鉴赏

明顾从敬编《类编草堂诗余》认为这首词是欧阳修所作。

这首词通过描绘冬天的景象和词人的内心感受，表达了对过去的怀念和寂寞的情绪。开篇虽是雪霁之景，但阴云与寒风犹在，不减寒冷。"天外"二字将词人的思绪带向天涯万里，寻觅故人的行迹。然而孤鸿几声，让只能"独拥寒衾"的词人不忍再听。"独"本已寂寞，"寒"更痛彻人心。明月或稍解风情，恐人孤单，朗照于空，却只是照出梅花"瘦影横"。词中的彤云、风吹雪初晴等描写，展示了冬日的寒冷和清澈的天空。孤雁的鸣叫和窗外梅花的瘦影横，更加突显了孤独与寂寞的氛围。词人独自躲在被褥中，不忍听外界的声音，暗示了他对逝去的时光和过去的人事物的留恋之情。

整首词以冷清、萧瑟的冬季意境为背景，通过寥寥数语，表达了词人内心深处的情感与思绪，给人以深深的思索和回味之感。

忆王孙（四首），从词的意思来看，应该是同一时期所作，通过春、夏、秋、冬四个季节写愁怨。每首词都有一个抒情点，春天的"杜宇声"、夏天的"沉李浮瓜"、秋天的"一点渔灯"、冬天的"孤鸿声"，这些意象足以引起愁绪。另外每首词的结尾句都意味深长，蕴含着无穷的情愫，拨动读者的心弦。人物与景色相结合，在自然景物中映射出人物的影子，易调动起读者丰富的联想。

南歌子（云鬓裁新绿）

云鬓裁新绿，霞衣曳晓红。待歌凝立翠筵中，一朵彩云何事下巫峰。

趁拍鸾飞镜，回身燕扬空。莫翻红袖过帘栊，怕被杨花勾引嫁东风。

译文

乌黑如云的鬓发梳理整齐，及地的霞披颜色鲜艳得好像太阳初升时的彩霞。歌女静静地站立在翠绿色的竹席上准备表演，宛如巫山神女。

歌女和着节拍翩翩起舞，如同燕子飞向空中时那样轻盈。霞衣随着舞姿而飞扬。令观看者不禁担心，别让红袖翻过窗户。外面春光正好，柳絮轻柔，不要让她被杨花吸引，离开这里随春风而去。

鉴赏

关于此词的作者有两种说法。《六十家词》中将这首词归于苏轼，《南唐二主词》将这首词归于李煜。

这是描写筵席间歌女表演的词。上片写歌女的装扮，色彩鲜明，十分艳丽。下片写歌女的表演，让看客不由担心她会被杨花吸引，随风而去。

这首词对歌女的描写，动静结合、动静有致。静时待歌凝立，蓄势待发，静中含动，动态描写就更加鲜活。对歌女的描写不仅是形容歌女的美丽和歌喉舞姿的美妙，看客的感受也融入其中。"莫翻"二句极妙，莫是规劝、阻止，与下文的"怕"相呼应。通过看客紧张而又陶醉的心情，侧面说明了歌女美妙的舞姿。反语赞人，手法绝佳。

这首词巧妙地运用色彩表达词人的情感。"霞衣曳晓红""莫翻红袖过帘栊"，词人用红色描写歌女的艳丽，同时暗示女子的青春如火。"新绿""翠筵"与红色形成强烈反差，令整个画面色彩绚丽，形成强烈的视觉冲击。此中运用了"巫山神女""鸾镜"的典故，加深了对歌女神采飞扬、婀娜多姿的感受。词的最后两句充分发挥想象，令读者感叹歌女真乃绝代佳人，形成了极强的艺术感染力。

青玉案（梵宫百尺同云护）

梵宫百尺同云护，渐白满苍苔路。破腊梅花李茇露。银涛无际，玉山万里，寒罩江南树。

鸦啼影乱天将暮，海月纤痕映烟雾。修竹低垂孤鹤舞。杨花风弄，鹅毛天剪，总是诗人误。

【译文】

大雪将至未至时，高百尺的佛寺上笼罩着一层红云。雪花飘洒，不一会儿，长满苔藓的小路上就满是一片白色。在银装素裹的世界里，早有梅花李花吐出红色花蕾。放眼望去，大地一片苍茫，犹如滚滚银涛；白色雪山犹如冰玉笋立。寒气笼罩了江南所有的林木。

寒鸦啼叫着飞过，天色将暗，月亮似漂浮在寒气笼罩的海面上。厚重的冰雪压弯了长长的竹子，白鹤独自起舞。古往今来很多诗句总将漫天的雪花比作风弄杨花，天剪鹅毛，似是贴切，实则是一种误解，还应有更好的意象去抒写雪景。

【鉴赏】

明代潘游龙《古今诗余醉》卷十四录此词为李煜作，并列有副题《山林积雪》。从词意来看，应为李煜后期作品，似乎是李煜投降后即将被押往汴京前的作品。王仲闻认为其词意浅显，风格与李煜不类。

这首诗描绘了一个宏伟壮观的场面，以及词人的感慨和想法。上片写满山的积雪，山上山下一切皆被雪覆盖。第一句"梵宫百尺同云护"，形容建筑高大，像云一样遮蔽天空。第二句"渐白满，苍苔路"，描述路上长满了苍苔，表示时间的流逝和岁月的沉淀。"苍苔路"和下片中的"孤鹤",都说明了很少有人前来,暗示了词人形只影单的寂寞之情。"寒罩江南树"似乎表明故国南唐被占领,"天将暮"和"映烟雾"给人一种江河日下、烟尘四起的感觉。

下片描绘大雪纷纷扬扬的情景。词人先将目光聚焦到天上,鸦啼"影乱",月映"烟雾"。接着目光转回到地下,修竹"低垂",孤鹤飞"舞"。最后目光再回到空中,雪片如"杨花"、似"鹅毛"飘扬飞舞。这一切让作者目不暇接,所以"总是诗人误"。周济云:"李后主词如生马驹,不受控捉。"又云:"毛嫱、西施,天下美妇人也,严妆佳,淡妆亦佳,粗服乱头,不掩国色。飞卿,严妆也。端己,淡妆也。后主则粗服乱头矣。"(《介存斋论词杂著》)这首词便显示了李煜词"粗服乱头""不受控捉"的艺术特色。全词所描绘的景物,总不离词人那"四十年来家国""三千里地山河"的"江南"大地,而以一个"寒"字笼罩,寄寓着词人的千般思虑,万种情怀。最后一句"总是诗人误",则表达了词人在欣赏自然美景时难免会被感情所误导,不由自主地投身于其中,难以冷静地观察和思考。

全词无一雪字,而雪景盎然。末三句表现出词人对雪景的独特见解,他认为把雪花飞舞比作风弄杨花、天剪鹅毛,虽是妙喻,却显陈旧。究竟该怎么比喻,他没有明说,但从"银涛无限,玉山万里"中,可看出他对雪景的理解。整首词形式上短小精悍,用词凝练,观察细腻,独具一格。表面写雪景,更多的是其身世、背景、遭遇的一种映射。

帝台春（芳草碧色）

芳草碧色，萋萋遍南陌。飞絮乱红，也似知人，春愁无力。忆得盈盈拾翠侣，共携赏、凤城寒食。到今来，海角逢春，天涯倦客。

愁旋释。还似织。泪暗拭。又偷滴。漫倚遍危阑，尽黄昏，也正是暮云凝碧。拚则而今已拚了，忘则怎生便忘得。又还问鳞鸿，试重寻消息。

译文

春草碧绿，郁郁葱葱，长满了阡陌。暖风中花瓣乱舞，飞絮乱红，也仿佛理解人的心情，满怀愁苦，倦怠慵容。回忆起当年寒食季节，侍女们携手做伴，踏春野游，尽兴地游乐，充满了欢声笑语。又到了春暖时节，却来到这天涯海角，再次感受到和煦的春风，可偏偏又孤苦伶仃。

愁情刚刚散去，一会儿又如密网般罩住心胸。溢出的眼泪刚刚偷着擦去，却不知不觉再次流出。我愁绪难解，在高楼的栏杆上到处凭倚。过尽了整个黄昏，心情仍然像黄昏的云彩，满是愁恨。该割舍的旧情已经割舍了，但怎么还是念念不忘呢。我还要痴情地询问鱼雁，试探着询问她的信息和行踪。

鉴赏

关于这首词的作者，有三种说法。俞陛云《唐五代两宋词选释》认为是李璟所作，清代朱彝尊、汪森《词综》认为作者是李甲，三说为李煜。

这是一首伤春词。写天涯倦客春日倚栏怀人之情。词人漂泊在遥远的异地，突然看到一片春色，不禁忆起曾发生过的令人难忘的欢乐往事，尽管已时过境迁，但衷情难忘，春梦常伴在自己的生活中。"芳草"即芳春时节原野上的野草。古人常以草喻离情。这里是用"芳草碧色"写春意之浓，萋萋芳草绿遍南野，喻春愁之深。接着"飞絮"二句，写絮飞花落，惹人愁思。"飞絮"写杨花的轻飞，"乱红"惜落花的飘零。这些都无力自主，均随暮春之风摆弄。这里本属"人知花"，即落花柳絮撩人春愁，而词人偏说"花知人"，即花絮知人春愁，足见词人的"春愁"无人告慰。这样写不仅摒弃了落花柳絮引人愁的老套，而且写出物我同感的效果。"忆得"二句转入回忆。词人回忆往日的欢娱，写一位曾一起踏青拾翠的、风姿俏丽的女子，词人与她在寒食清明节日，携手共赏凤城春色。再接着"到今来"三句，写如今这一切像春梦般地烟消云散了，在遥远的异地，长期在外疲劳厌倦的人，在忆着这恍如昨日的春梦，多么令人伤心。词情一落千丈，一下子由美好的境界跌落到孤独惆怅的现实生活中来，仍接应"春愁"。一样逢春，不同滋味，对比强烈。词之上片，采用今昔对比的手法，道出了春愁生发的原因。

过片四句写"倦客"的情状。愁情刚刚释去，可又像乱麻似的织成一片愁网。眼泪才暗暗拭去，却又偷偷地流下来。"漫倚"三句写"倦客"的孤单。一个人独自倚栏，向意中人所在的方向凝望，尽管天已黄昏，但眼前只有暮云朵朵，佳人仍不见到来。"拚则"二句，说要拼命舍弃的均拼命舍弃了，但要忘却的却怎么也忘却不了，这句充分揭示了词人欲罢不能的痛苦的心情。词末"又还"两句与"倦客"的希望。既不能忘记，便再问鱼雁传书，试着再寻佳人的消息。"鳞鸿"即鱼雁。古有鸿雁寄信、鲤鱼传书之说，常借鱼雁以代书札。

全词思念如流水，至此水到渠成，符合人物感情发展的逻辑，使全词在情节上又进了一步。全词抒写春愁，情感脉络十分清楚，意脉相通，浑然天成，把春晚怀旧之情抒写得委婉动人。

开元乐（心事数茎白发）

心事数茎白发，生涯一片青山。
空林有雪相待，野路无人自还。

译文

我满怀心事，年纪不大却已长出白发。生命如同青山一片，起伏不平，坎坎坷坷。

寂静的山中空虚无物，只有皑皑白雪寒气袭人。茫茫原野的荒路上空无一人，只好折返。

鉴赏

关于这首词的作者，历来有三种说法。一是《全唐诗》认为是张继所作，明代《万首唐人绝句》认为是顾况所作，唐圭璋《南唐二主词汇笺》认为是李煜所作。

这首词是李煜有争议的一首词。从大意来推断，可能是李煜亡国后的作品。李煜身为阶下之囚，故国之思不时魂牵梦萦，促使他写下若干词章。有时，他也顿生归隐之想，这大概是这首词的写作契机。

这首词开头就写出了词人内心的忧愁，他的心事已沉重到了头发都变白的地步。由此可见李煜在囚禁期间内心的极度痛苦。接着，词人表达了对青山的向往。在古典诗词中，青山通常指代隐居之地。"一片青山"下的生活，令他十分向往。这两句，是由现实到理想的境界。"空林"两句，又从理想回到现实。空林只有雪，野路又无人，只好回来继续被囚禁。全词由现实到理想，再从理想回到现实，归隐思想一时产生，又被残酷的现实击碎，其失落和怅惘蕴含其中。

整首词语言简洁而深刻，表达了词人内心的愁思和对归山之情的渴望，给人以深深的思考和共鸣。

全词对仗工整，"白发"对"青山"，"数茎"对"一片"，"空林"对"野路"，"有雪"对"无人"，让读者深切感受到了词人的心境，增强了词的艺术感染力。

全词描绘了一幅凄美的画卷，以画境衬出心境，手法委婉但愁绪强烈，通过寥寥几笔水墨画式的白描，烘托出孤寂冷清的气氛，表现了词人坎坷悲哀的身世遭遇，直白而明晰，有较高的艺术水平。

三台令（不寐倦长更）

不寐倦长更，披衣出户行。
月寒秋竹冷，风切夜窗声。

译文

长夜漫漫，我疲倦至极却无法入睡，只好披上衣服到户外走走。
清冷的月光拂过秋天萧瑟的竹，急风拍打窗户的声响在夜晚回荡。

鉴赏

此词的作者，有两种说法。明代《万首唐人绝句》将词归于韦应物，清初沈雄《古今词话》引《教坊记》归为后主李煜作。

这是一首秋夜不眠夜行的小词。起句"不寐倦长更"中"不寐"二字异常醒目，耐人寻味，是全词的词眼。"倦"字借"不寐"自然生发出来，揭示出因无眠而生倦怠的逻辑关系，可以想见词人心绪的烦闷了。第二句又从时序上因承上句，貌似平谈，却是承上启下不可或缺的过渡。第三、四两句，笔锋一顿，停留在出门所见所感上面。然而，户外所见其实不如不见，眼前寒月当头，竹林森森，令人顿生寒意。耳中风声凄切，穿窗过户，更添寒意与凄凉。"月寒"句在点明季节，"寒""冷"二字借物传心，将心中抑郁愁闷之情隐隐带出，是这首词重心所在。最后一句着笔于月寒竹冷，被疾风拍打的窗户在深夜回响，以景结情，自然收束，是含不尽之意见于言外的妙笔。

整首词简洁而朴素，通过对夜晚的描绘，展现了词人的沉思和寂寞心境。词中以寒冷的秋夜为背景，通过描述月光和夜风以及竹子的清冷感，呈现了一种幽静的氛围。词人通过描绘这些景象，抓住了读者的情感，使其能够感受到夜晚的孤独和寒冷。整首词语言简洁明快，给人以独特的音乐感，使这首词更富有节奏感。

更漏子（柳丝长）

柳丝长，春雨细，花外漏声迢递。惊寒雁，起城乌，画屏金鹧鸪。

香雾薄，透重幕，惆怅谢家池阁。红烛背，绣帏垂，梦长君不知。

译文

柳丝柔长春雨霏霏，花丛外漏声不断传向远方。声音惊起了寒雁，在那城头上宿眠的乌鸦也苏醒，就连那画屏的的金鹧鸪好像也被惊醒。

薄薄的香雾透入帘幕，美丽的楼阁池榭再无人一起观赏。绣帘低垂，独自背着垂泪的红色蜡烛，长梦不断，远方亲人可知道我的衷肠？

鉴赏

这首词在《花间集》中为温庭筠作，王仲闻的《南唐二主词校订》将其归入李煜，《李璟李煜词补遗》以及《李璟李煜词校注》均收入此词。

这是一首春闺词。词的上片写春夜外部的环境，围绕"漏声"来写。首三句描写柳丝细长如情丝般柔长，微微春雨润绿了柳丝，也滋润了女主人公的情怀。独处空闺的人是敏感的，外界的事物很容易触动其心绪。春夜本就难以入睡，偏又听到花外传来连绵不绝的更漏之声，更显春夜寂静。可以想象，女主人公由于把对远方之人的眷念时刻挂在心上，无法释然，故而心绪不宁，度日如年。柳丝、春雨等本是艳丽之景，但在这里却用来暗示女主人公凄凉的心境，增强了对比的效果。"惊寒雁"三句则进一步渲染了女主人公的这种心理。在女主人公的想象中，即使是大雁、宿城之乌鸦，甚至是画屏上的鹧鸪也必定会闻声而惊起，不安地抖动其翅膀。这几句是移情于物的写法，以惊飞的鸟来暗示女主人公不安的心情。"画屏金鹧鸪"，由室外移至室内，由听觉变成了视觉，使静止的鹧鸪慢慢变得灵动起来，这种错觉正好衬出女主人公难言的痛苦。寒雁和城乌都可以惊飞，而画屏上金鹧鸪却无法起飞，如同春闺中的女主人公，只能在闺房中思念情郎，却无法去见他。

下片写室内情形。在兰室之内，炉香即将燃尽，香雾渐渐消散，在这样雅致的环境里，女主人公的心态却只能以"惆怅"两字来概括，可见其凄苦。这些如"谢家池阁"的华堂美室曾经是女主人公与远行之人共同享受欢乐的地方。现今独自居住，物是人非，故其心理感觉迥然不同。"红烛背"三句则进一步描绘了在这孤寂的夜晚，在百无聊赖的环境下女主人公之情状。这可以理解为女主人公在惆怅寂寞中黯然入梦，也可以理解为她的心理独白。长夜相思，寂寞惆怅，不得不背对红烛，低垂绣帘，想借寻梦来暂解惆怅，稍慰相思。但转而又想，所思者可能也一样在远方夜雨闻漏，难以入眠。恐怕自己的相思乃至长梦对方根本不知情。"梦长君不知"是一种可悲可叹的情景，哀怨中含无限低回之意。

全词用暗示的手法，造成含蓄的效果，女主人公寂寞凄凉的心理状态和深沉细腻的感情世界，几乎都是从具体的物象中反映出来的。

这首词的特点是动静结合，有画有声。柳丝、春花是视觉，雨声、漏声是听觉。视觉和听觉共同构建了这个寂寞难眠的春

启秀文库
李煜词集
92

夜。寒雁、城乌为动态，而绣屏上的金色鹧鸪虽华丽，却是静态的，无法飞动，犹如独守空闺的女主人公。一动一静的反差，更衬托出了女子的寂寞惆怅和无可奈何。

附录一 李煜诗

秋莺

残莺何事不知秋，横过幽林尚独游。

老舌百般倾耳听，深黄一点入烟流。

栖迟背世同悲鲁，浏亮如笙碎在缑。

莫更留连好归去，露华凄冷蓼花愁。

译文

黄莺啊黄莺，你怎么还不知道现在已经是寒秋时节了，为什么还在这深暗的树林里独自翱翔呢？侧着耳朵仔细聆听老莺的鸣叫声，但始终听不明白它在鸣叫着什么，看着它飞向空中，渐渐变成深黄色的一点，不见了踪影。我和这老莺一样，与这世事相背，迟钝笨拙，虽然鸣声依旧，但是已经不连贯了，破碎不堪。黄莺啊，你莫要留恋深暗的树林，赶快归南避寒去吧，树林里有什么好处呢？露水蓼花，让人心生凄冷，心里发愁。

鉴赏

据记载，李煜因出生带有异相，且深受父亲李璟的喜爱，引起了太子李弘冀的忌惮。李煜感受到了来自兄长的逼迫，于是他通过各种方式向兄长表白，自己对太子之位毫无兴趣。为了避祸，李煜过起了隐士的生活。这首词就是其在隐居期间所作的。

这是一首咏物抒怀的诗。全诗写一只黄莺在深秋时节还未南飞避寒，李煜劝其不要在此处留恋，应当尽快南归，表现出李煜对残酷的政治斗争的惧怕和对自己处境的担忧。全诗托物言志，不事雕琢，以简洁明了的诗句表现了生活的苦楚，让人产生无限的同情悲悯。

在古典诗词中，黄莺被视为春天的象征，是常见的歌咏对象。但是，这首诗不取诗人习常之路，转而去咏叹秋天的黄莺，立意不同，情思不同。秋向来给人以肃杀的气氛，黄莺在秋天已过歌唱的生命，并且面临着严冬的考验，结合李煜的处境，便可想而知，这首诗名为咏莺，实为自咏。

此诗一开篇便点出歌咏的对象黄莺，却称其为"残莺"，用词深刻。这是一只由春历夏而入秋的黄莺，歌唱过春天的繁花，栖身过夏日的浓阴，如今秋已至，冬将临，竟然还在林间独自飞。看着黄莺在林间孤独地穿飞，诗人心中涌起无限的怜惜："残莺何事不知秋"，莺不明白秋天为什么会带来离别，也暗示了莺对分别的不舍和不解。"横过幽林尚独游"写林而用"幽"，强调林间的昏暗幽深，吉凶不明，黄莺的前途难辨。"独游"二字更见出黄莺在幽暗中独自穿飞的孤苦，也象征着李煜的孤寂和无奈。

颔联以"倾耳听""入烟流"写诗人对这只黄莺的关注，承接上联对其的怜惜与感叹。黄莺既"残"，想必是经历了许多，自然是"老舌"。"老舌百般"叫不休，到底在说些什么，是感伤时光的流逝，诉说经历的悲欢，还是独游的寂寞。诗人多么想明白黄莺的啼叫，于是倾耳聆听，追随着它的声音，然而黄莺却渐渐飞向远方，在他的注视之中，"深黄一点入烟流"，消失在天边的云雾里。这里暗示莺的存在如同烟雾般飘渺，乍现又忽隐，进一步加深了诗中的孤寂和哀伤。到这里，诗人询问带出的感慨便喷涌而出，诗由前两联的叙说而转入后两联的议论抒情。

颈联连用两个典故，借对莺啼的猜想解释来抒写自己的理想。"栖迟背世"是说人与莺的生存状态同样孤独，同样艰难。莺是失群无伴而"独游"，人是为了躲避斗争而素居，因此同有"悲鲁"的哀痛，其痛之深，就像孔子当年对鲁国的悲哀。"在缑"用王子晋的故事，不仅贴切，也意味深长。王子晋善吹笙，与莺啼相关，王子晋是西周大夫，身份则与诗人相关，王子晋放弃王位，修道成仙，当其化身白鹤与家人作别之时，仍未放下的情感。诗人用"碎"来形容那"浏亮如笙"的声音，强调这声音乃是诀别之音，多少凄凉感伤在其中，听来心碎。这心碎之声，既是故事中王子晋的乐声，又是此刻那黄莺的啼声，更是诗人自己的心声。

尾联二句，诗人借莺而劝导自己，这样的生活没什么值得留恋的。过去已经令人感到沮丧，而将来会更加凄凉："露华凄冷蓼花愁。"芦苇花在露水的映照下变得寒冷而凄凉，象征着诗人内心的愁苦和无奈。

不说将来如何，只说眼前的露珠虽美，却是凝霜之前的最后一现，蓼花正开，却是冬日将至的最后的美丽。一切的美好，或者已经逝去，或者将要逝去，经历劫难的黄莺已入"烟流"，自己对这人世已没有什么眷恋。但是这种生命的绝望诗人并没有直接说出，只用"露华蓼花"的秋景作描绘，点出"凄冷"与"愁"，让读者去细细体会。

全诗有三个明显的特点：首先是喻义十分明确，表面上写残莺，实际上暗指自己，将寒秋残莺的处境和自己在政治上危险的处境结合得不留痕迹，十分贴切。其次是将秋莺与春莺的区别展现了出来。春莺是在春花烂漫、草长莺飞时节，充满了生命力；而秋莺则是"横过幽林尚独游"，充满了孤独和忧伤。最后是结尾句结得妙。"露华凄冷蓼花愁"，借助寒秋时节一个具体的物象来表现抽象的愁情和无限的惆怅，无限韵味尽在不言中。

病起题山舍壁

山舍初成病乍轻，杖藜巾褐称闲情。

炉开小火深回暖，沟引新流几曲声。

暂约彭涓安朽质，终期宗远问无生。

谁能役役尘中累，贪合鱼龙构强名。

译文

山舍刚刚建成，顿时觉得病体轻松了很多。高兴之余，自己手拄拐杖，头戴头巾，像山野农夫一般漫步山头，十分地惬意。山间寒意袭人，只得在屋里生个暖和的小炉子取暖。窗外传来了新修的沟渠的潺潺的流水声，悦耳动听。我真想像长生不老的彭祖和涓子一样永存于世，还想像宗炳和慧远一样求佛隐居。为何要被纷繁复杂的世事所牵绊，胡乱地去追寻那勉强得来的名声呢?

鉴赏

这首诗收录于《唐诗鼓吹》卷十，诗中的山舍应是李煜在城外建造的用来赏玩、避暑的地方。此诗历来被认为是李煜即位之前，因兄长李弘冀的逼迫，不得已韬光养晦时所作。

此诗表露了李煜仿隐士贤人远离凡尘的想法。隐匿于世俗纷争喧嚣之外，做一个吃穿不愁、求仙问道的贤人，大概是诗人当时的理想。

前四句写身边之物，有闲居山野、怡然自得的意味。开头说山中的精舍建成后，觉得病体爽然轻松了许多。"杖藜巾褐称闲情"一句意为诗人不愿穿龙袍，只甘心做一个普通人。接着"炉开小火深回暖，沟引新流几曲声"是李煜形容他隐居山舍怡然自得的生活，给人以跳出红尘烦恼世界的感觉。诗的后四句点透主旨，表明自己安于山林之隐，无意于皇权争斗。接着诗人说人的寿命长也罢，短也罢，肉身早晚要腐朽的。他要像慧远大师那样皈依净土而进入极乐世界，表达了李煜无意过问朝政的想法。最后两句表明与人钩心斗角是很累人的，他自己不愿做徒劳无益的事，不愿勉为其难去贪图那些毫无意义的虚名。全诗善用典故，语言明快，形象生动。

这首诗与两首《渔父》词（《渔父·一棹春风一叶舟》和《渔父·阆苑有情千里雪》）就主题而言，应该是一致的，即刻意剖白自己无意于皇位斗争的韬晦之作。两首《渔父》词，是题在《春江钓叟图》上的，而这首七言律诗，却是题在山舍墙壁上的。李煜的意图很明白，就是想让人看到这些诗作，更想让人知道他不关心朝政，或者确切地说这是专给那些猜忌他的人看的。

周振甫在《中国历代著名文学家评传》中说："李煜有《病起题山舍壁》，当是在过隐居生活时写的""这首诗反映了他的山居生活，炉开小火，沟引新流，杖藜巾褐，确有隐士风度。"

送邓王二十弟从益牧宣城

且维轻舸更迟迟，别酒重倾惜解携。
浩浪侵愁光荡漾，乱山凝恨色高低。
君驰桧楫情何极，我凭阑干日向西。
咫尺烟江几多地，不须怀抱重凄凄。

送别的酒喝了一遍又一遍，还没有把人送走，那就再喝一遍吧，兄弟情深，不忍分别。从益乘坐的船随波浪荡漾，那反射出来的波光就像无限的离愁别绪。你乘风破浪纵情驰骋该多么快乐啊，我却靠着栏杆看太阳向西落去。好在弟弟去的宣城离金陵并不远，兄弟二人很快便能重逢，所以心里不必满怀悲伤。

鉴赏

这首诗是李煜送别邓王李从益出镇宣城时所作。李从益在其兄弟中排行第二十六，因而题目中的"二十"当为"二十六"之误。据《全唐诗》注，"后主为诗序以送之，其略云：秋山滴翠，暮壑澄空。爱公此行，畅乎逞览"。李煜以兄长和皇帝的身份对弟弟谆谆教导，足见兄弟情深。

李煜素来重视兄弟之情，对弟弟李从益更是喜爱，因为他"警敏有文"，能作诗文，与擅长文艺的李煜有共同的爱好。当时的南唐虽然已经对宋朝俯首称臣，但并不甘心破亡，因此对于宋军的南下十分警惕。李从益在此时出镇宣城要地，李煜亲率大臣为他举办送行的宴会，既表示此行之意义重大，也表达了兄长对弟弟的关切。

首联以"且维"二字领起，有一层请求的意味在其中。"别酒重倾"可以看出送别的酒一遍又一遍地喝，而人却还没有登舟，舟还是没有启行，就将这层请求的意思化为了惜别的深情，再加上"更迟迟"的烘托，"惜解携"的说明，开篇就营造出了浓浓的送别气氛。

颔联转而写景，而景中含情。场面阔大而景物鲜明，写得生动形象而又深情脉脉。"浩浪""荡漾"写水天宽阔，江流不息，李煜想象弟弟将要乘轻舟沿江流而远去，伫立遥望，直至目光所不能及。本来阳光下的满江波涛是映在送别者的眼中的，却因为波光的闪动而用了一个"侵"字，仿佛这流水与波光直入人的怀抱，激起了离别忧伤，而忧伤就与这江水汇合一起，长流不息，与这波光一样，起伏荡漾。下句写山是"乱"，写秋色是"高低"，都已见出人的情绪，而特别用了一个"凝"字，就写出了离别情感的沉重。人的感情本是抽象之物，借助于景物来写，就有化抽象为具象的功能。这两句，一动一静，相互映照，以流水波光和乱山高低写离别的忧伤，不仅生动地表现出感情的形态，还写出了情绪的质感，故而动人。颈联写弟弟将乘舟而去，去得越远，对京城的思念就越深，自己倚着栏杆向西眺望，目送轻舟驶向日落之地，消失在一片黄昏的水面之上，却无法带去自己的思念之情。二人一行一留，相互牵挂，离情似水，渐远渐生。尾联则将离别的伤感挽回，作宽慰之语。毕竟弟弟此去所承担的是国家重任，出行之际，如果感情过于哀伤，既不利于弟弟的身心，也不利于职守的履行。因而说金陵与宣城虽然是两地，但有长江的贯连，往来方便，仿佛只是咫尺之隔，那就不必凄凄惶惶如同永别。

　　这首诗词以优美的语言和独特的意境，展现了诗人在送别时的情感和思绪。诗人以轻舸和别酒作为隐喻，将离别的忧伤表达得淋漓尽致。通过描述波涛侵蚀和乱山起伏的景象，增加了诗歌的艺术感染力。最后，诗人以自然景物的描绘，表达了自己对弟弟的无尽思念和祝福之情。整首诗词既有深层次的情感表达，又有具体形象的描绘，结构完整，语言优美流畅，是一首令人心生共鸣的佳作。

悼诗

永念难消释，孤怀痛自嗟。

雨深秋寂寞，愁引病增加。

咽绝风前思，昏朦眼上花。

空王应念我，穷子正迷家。

译文

丧子之痛难以释怀，爱妻又重病在床，怎么忍心再让她承受打击，就让我一人承受这痛苦吧。深秋时节阴雨霏霏，分外冷清孤寂。这样愁苦的心情，怎能减轻我的病痛呢？伫立风中，更加哽咽悲哀，眼前一片昏暗迷茫，甚至连深秋的残花也模糊不清。我的灵魂饱受苦痛煎熬，我佛慈悲，请为我指引宁静的归处吧！

鉴赏

这首诗又名"悼幼子瑞保"。李煜与大周后的幼子仲宣，小字瑞保，生于李煜即位的那年。瑞保三岁时受封宣城郡公，死后追封为岐王。仲宣自小眉目清秀，且天分极高。宋马令《南唐书》记载，仲宣三岁时学《孝经》，即时成诵，不遗一字。仲宣性情温顺，识得大体，被李煜夫妇视为掌上明珠。四岁时仲宣夭折，当时大周后正卧病在床，李煜担心幼子的死讯会引起大周后悲痛而加剧病情，只能独自面对痛苦，作此诗，以为悼念。

这首诗开头点明对亡子的思念始终难以消除，而这种思念又只能一个人默默承受。丧子之痛让李煜痛苦不堪，如果可以与爱妻相互抚慰，就能多少有所释放与缓解，然而妻子正在重病之中，李煜非但不可诉说，还得处处克制，这一重又一重的悲苦积郁在心，既是"永念难消释"的不能忘怀，又唯有"孤怀痛自嗟"而已，叫人如何承受？接下来四句继续细写这种愁苦。"雨深秋寂寞"是诗人特地渲染的一个悲哀痛苦的环境，为"愁引病增加"做铺垫。因为是"孤怀"，所以诗人在秋雨之中分外寂寞。悲来无际，徒增病痛。因为是"孤怀"，所以诗人在风中的思念只能独自下咽，眼前的恍惚不过是泪水所致。为悼念早夭之子，哀吟至此，不禁让人为之泣下。这无人可以分担的哀伤，这无处可以诉说的悲痛，令李煜痛不欲生，神智迷茫。绝望的诗人只能向虚妄中的佛陀去祈求救助："空王应念我，穷子正迷家。"

　　诗中使用了凄婉的语言，描绘了作者深深的思念和孤独之情。作者把自己比喻为穷子，感叹自己如迷失的孩子无家可归，同时表达了对神明的期盼，希望神明能注意到自己的苦难。整首诗氛围沉郁，情感真挚，通过描写个人的煎熬和无尽的思念，反映出作者身处困境的心境和痛苦。

挽辞二首

其一

珠碎眼前珍，花凋世外春。

未销心里恨，又失掌中身。

玉笥犹残药，香奁已染尘。

前哀将后感，无泪可沾巾。

其二

艳质同芳树，浮危道略同。

正悲春落实，又苦雨伤丛。

秾丽今何在？飘零事已空。

沉沉无问处，千载谢东风。

其一

眼前的珍珠碎了，花儿凋谢在春天。心里的恨意未能消散，自己也失去了掌中的一切。玉筒尚留着残余的药物，香奁已经被蒙上了灰尘。接踵而至的死别，让我已经没有泪水可以擦拭。

其二

美丽的容颜媲美芬芳的树木，很容易遭遇伤害和毁灭。正感叹春天的离去，又苦于雨水伤害了花丛。昔日的繁华如今在何处？一切都已经飘散，万事成空。千百年来，东风过后，一切花朵都会凋谢。

鉴赏

《全唐诗》于题目下有注："宣城公仲宣，后主子，小字瑞保，年四岁卒。母昭惠先病，哀苦增剧，遂至于殂。故后主挽辞，并其母子悼之。"由此可知，大周后与幼子瑞保死于同一年，这两首诗是李煜为悼念儿子瑞保与妻子大周后而作，是一组合悼诗。

内容上，第一首重在写诗人遭遇死亡的生者悲痛，第二首则着重抒写诗人独自存活的生命哀伤。

第一首开篇即以珍珠喻爱子、春花喻娇妻。说"眼前"，是回忆孩子承欢膝下的情景，而此时无复再见。称"世外"是妻子拥有无与伦比的美貌，而此刻真的去了世外。以"珠碎"与"花凋"写出自己的无限痛惜，而"碎"与"凋"也同样指自己的心。一联十字，内蕴深刻，字字舍情。颔联写失子之痛尚未平复，亡妻之痛又接踵而来。大周后卧病之时，幼子突然夭折，李煜怕加重妻子的病情，非但不敢言及此事，甚至也不敢流露自己的感情，将痛失爱子的悲伤深深地藏在心底，在独坐时默默地流泪。由此来体会此联中的"心里恨"三字，表面上很平常，其实是泣血之诉，蕴藏着无尽的辛酸与悲苦。

颈联转而写物，却是物是人非。药犹在笥，爱子已去。香奁依旧，爱妻已亡。室内弥漫的药味，奁上薄薄的灰尘，都令人回忆起死者生前的情景，又无一不在提示斯人已去。故尾联只说诗人自己在如此沉重的打击之下已无泪可流了。人之流泪，不仅是悲伤的表达，也是悲伤的宣泄，诗中却说"无泪可沾巾"，这是诗人痛彻肺腑的感受。

第一首诗将爱子与爱妻交替来写，一气呵成，把哀思写到极致。"珠"对"花"，"心里恨"对"掌中身"，"玉笥"对"香奁"，前三联对仗工整，匠心独运。

第二首诗哀悼的对象仍然是爱子和爱妻。首联将人的生命"艳质"与自然的生命"芳树"类比，"春落实""雨伤丛"，既用以比喻娇妻爱子的生命夭折，又用凄风苦雨的春景来展现内心悲哀的情感，有一种惨淡无奈的生命哀伤回荡其间。故首联的对句"浮危道略同"，是总此两联的感慨。不过，自然界虽然有春花秋月的变化，但其生命是流转不息的，可是人是一去不复返的，无论生前有多少珍爱，多少欢乐，也无论死后有多少眷恋，多少回忆，逝者永逝，不知道该向谁去问死者去了哪里，也不知道有谁能回答生死能否重逢，一切于生者都只是徒劳。既然关于生命的所有疑问都无问处，也无可问，人自当死心平静。"沉沉无问处，千载谢东风"是无奈之叹，是痛彻心扉之言。既然如此，那就请春风不要再来了，"千载"都不要来，因为年年的春色都会唤起孤独生者无限的忆念、无限的悲哀，这也是极度悲痛中的奇想。

　　这两首诗情感诚挚悲痛，极写诗人的失子之悲与丧妻之痛，将诗人忧思无尽的苦情表达得催人泪下，令人倍感悲戚。在遣词上，哭子与悼妻反复更迭、交错变化，双重哀悼，其前后交织、悲怆凄惋，令人不忍。

感怀二首

其一

又见桐花发旧枝，一楼烟雨暮凄凄。

凭阑惆怅人谁会？不觉潸然泪眼低。

其二

层城无复见娇姿，佳节缠哀不自持。

空有当年旧烟月，芙蓉城上哭蛾眉。

【译文】

其一

　　再次见到桐花发于旧枝，傍晚烟雨阴沉。自己凭栏远眺，想摆脱满怀愁绪，但依然落寞惆怅，这种心情是无人能够理解的。想到此，禁不住潸然泪下，低头哀思。

其二

　　以前节日里两人一同登上城楼观赏风光，现如今独自登楼，不见爱妻面容，佳节中更觉哀不自胜。云雾中的月亮还像当年一样空自照着，我只能在金陵城头为你哭泣。

鉴赏

　　这两首悼亡诗为李煜为大周后所作。据记载，大周后娥皇容貌倾城，通书史，善歌舞，尤其擅琵琶，与同样精通艺术和诗词的李煜情投意合。当娥皇因病故去后，李煜痛苦不已，写下了多首悼亡诗词。这首诗表达了李煜的失落和沉思。

　　第一首诗重在描写眼前的景色。"又见桐花发旧枝，一楼烟雨暮凄凄"，均是眼前之景。诗人使用了桐花、烟雨等意象来描绘他内心的感受。桐花绽放在旧枝上象征着物是人非，时光已过，让诗人感到无奈和无力。烟雨暮时又增加了凄凉的氛围，加剧了诗人的孤寂感。诗人凭借栏杆感怀，而这份情感只有自己能够明白，他的内心悲伤无人能感同身受，于是不禁泪流满面。

　　第二首诗重在描写想象中的世界，比第一首的意境更加开阔。除"层城"外，"芙蓉城"在传说中也是仙人所居之地，再加上"空有当年旧烟月"，都写的是高空世界，意象壮阔，想象宏大。"层城"中爱妻的离去，导致了诗人在佳节时增添了哀伤，这个相同的节日在记忆中是如此美好，如今却变得令人伤感。最后的芙蓉城象征着失去的爱情和美好，诗人在那里哭泣着，表达了他对逝去妻子的思念和无尽的伤痛。

　　"一楼烟雨暮凄凄"是写愁的名句，让无形的愁有了具体可感的形象。"空有当年旧烟月"一句充满丰富的艺术内涵与物是人非之叹。当年李煜与爱妻周娥皇两人在烟月下恩恩爱爱，倾诉衷肠，而如今烟月下的景色依旧那么迷人，但是却没有妻子陪伴在身旁，想到爱妻已故，就不能不让诗人愁肠万断、"缠哀不自持"了。

　　通过这两首诗，诗人展示了自己失落和伤痛的深刻感受。他通过描绘细腻的意象和写实的情感，使读者能够感受到他内心的痛苦和无奈，并引发对于逝去美好的思考和思念之情。

梅花二首

其一

殷勤移植地，曲槛小栏边。

共约重芳日，还忧不盛妍。

阻风开步障，乘月溉寒泉。

谁料花前后，蛾眉却不全。

其二

失却烟花主，东君自不知。

清香更何用，犹发去年枝。

译文

其一

夫妻二人共同把梅树移栽到曲槛小栏边。约定好两人在来年一同欣赏梅花盛开的美景，当时还担心梅树能不能开出花朵。我俩精心呵护，在梅树周围布置了阻挡风尘的布障，还乘着月光将寒渠水引来灌溉。但是谁也没有料到，第二年梅花盛开时，只有我一人前来观赏，你却永远没有机会看到这梅花盛开的艳美风姿了。

其二

春天的烟花主人都不在了，春天之神竟然不知。尽管去年的枝头今年梅花依旧绽放，但要这醉人的清香又有何用呢？

鉴赏

据马令《南唐书》卷六记载："后主尝与周后移植梅花于瑶光殿之西，及花时，而后已殂，因成诗见意。"由此可知，这首诗是李煜为大周后娥皇写的悼亡诗。

此诗题虽题为《梅花》，却不是咏物诗，而是咏叹与梅花相关的人和事。在内容上前后贯通，抒写当日一起种梅、今日梅开而人不在的悲哀，只不过第一首情意绵绵，重感怀，第二首则重感怨。

第一首中诗人一共选取了三个连贯的场景，温馨而独特。首联起句"殷勤移植"语，即指这次移植梅花之事。帝后认真选择了移植梅花的地方，把它种在瑶光殿之西的"曲槛小栏边"。李煜、大周后都是极富雅趣之人，又凭着帝王皇后的特殊条件，便为自己的生活极力营造出雅致的氛围，移植梅花就是其中一件颇具风雅的事。帝后憧憬着花开的美好情景，以及等待时的忐忑，"共约重芳日，还忧不盛妍。"为了能实现"共约重芳日"，所以二人对梅花精心护理，担心其遭受风雨、干旱侵害便"阻风开步障，乘月溉寒泉。"为了给梅花"阻风"，帝后还特意为梅花布置了布障。为了给梅花浇水，也还曾不辞"乘月"披星之劳引水灌溉，并盼望来年能观赏到梅花的艳美风姿。可是，又有谁能料到花开前后，正该供夫妻共赏同乐的美景良辰，而"蛾眉却不全"。情感的失重与期望的幻灭在这首诗中表现得无以复加。尾联的这一慨叹，好似升至极高处的波峰浪尖，忽发哀音，跌入深潭，凄婉动人，给读者的心灵以强烈冲击。

第二首续接第一首，写作者的情感反应。面对大好春光，诗人却有两怨："失却烟花主，东君自不知。"春天的烟花主人不在了，春天之神竟不知，鲜花照旧盛开。此为一怨。"清香更何用，犹发去年枝"，当日唯恐花不开，而现在却在埋怨花开和花香，此为二怨。这二怨，貌似无理，却极有情，从反面以激烈的形式表达出诗人对于亡妻炽热的思念之情。

书灵筵手巾

浮生共憔悴，壮岁失婵娟。
汗手遗香渍，痕眉染黛烟。

译文

　　这一生与妻子相互扶持，共担痛苦，以至于让人憔悴，正值壮年却又遇上丧妻之痛。手巾上犹可嗅到妻子生前所用胭脂的气味，画眉的黛烟也在手巾上留下了点点斑痕。

鉴赏

　　古代有丧服之礼，妻子死后，丈夫要服齐衰之丧，时间为一年。魏晋以后，丧葬礼仪中有设灵筵一节，至唐朝成为定式。书灵筵手巾，就是把诗写在置于灵筵的手巾之上。这首诗为李煜为悼念娥皇的悼亡诗，时间是在宋太祖乾德二年（964 年）冬天，娥皇逝世后。

　　"浮生共憔悴，壮岁失婵娟。"诗的起句感叹人生的虚浮无定，难以把握，无论愿意不愿意，生命还得继续，所以活着就已经是一种无奈。这无奈的人生本来就已经令人悲哀，何况诗人正在壮岁之年，又失去了挚爱的妻子。诗人没有写自己有多么悲伤，只是陈述了一个事实，写自己看到的现象，不写一句悲伤，但悲伤之情溢于言表。诗中以"婵娟"代指妻子，也就愈见痛失爱妻的深情。然后笔调一转，拈出手巾点题。手巾是古代女了的随身之物，攥在手中，用以拭汗，用以掩笑，用以擦去泪水，不可须臾而离。诗的首二句抒写悲痛，就人生落笔，有一种从根上说起的本质意味，起点既高，落笔滔滔。

"汗手遗香渍，痕眉染黛烟。"人已离去，而手巾上犹可嗅到其生前所用胭脂的气味，画眉的黛烟也在手巾上留下了点点斑痕，睹物思人，自有无尽思念在其中。"汗手遗香渍"一句，提示大周后生前将手巾紧紧攥在手中的动作，以至于有手汗的浸渍而染香于巾。若不是相知极深之人，不会有这样细致的观察，而回忆之时，自然倍加痛心。诗言物不言人，所言之物又只是一条亡者生前的旧手巾，"汗手""痕眉"点到为止，便草草结束。

整体上就诗章结构而言，有一种头重脚轻之感。也可以理解为李煜痛苦万分，满腹的言语无法说出的悲痛之感。

此诗是李煜在亡妻灵座前的随笔之作，写的都是眼前景、眼前物，因此也就信手拈来，十分自然，没有雕琢的痕迹。灵室的气氛本来就让人十分伤心，而亡妻的遗物更增添了一层忧伤。由具体遗物汗巾写起，从小处着笔，以小见大，抒写壮岁失妻的痛苦，是此诗的一大特色。

书琵琶背

侁自肩如削，难胜数缕绦。
天香留凤尾，余暖在檀槽。

译文

她肩细若削成，几乎纤丽到了难以承受数条丝带的地步。身上独特的香味依然留在琵琶的凤尾里，琵琶上架弦的格子里也还残留着她怀抱时的余温。

　　大周后娥皇擅长琵琶，据记载，李璟将自己十分珍爱的烧槽琵琶赠于她。马令《南唐书》中记载，娥皇病重时"以元宗所赐琵琶及常臂玉环亲遗后主。"从中可以得知，诗中的琵琶有着特别的意义。一是琵琶为父亲李璟所赠，代表了李璟对娥皇高超技艺的欣赏，二是琵琶是娥皇临终前与李煜的诀别之物，李煜对此自然特别珍重。根据《南唐书》记载，娥皇死后，李煜"自制诔，刻之石，与后所爱金屑檀槽琵琶同葬"。李煜看到爱妻的琵琶，想起生前种种，于是在琵琶背上写下了这首诗，表达对妻子的无限思念之情。

　　看见爱妻生前喜欢的琵琶，李煜自然就想到爱妻生前演奏琵琶的模样，她肩细如削，身上的丝带索索作响，让人沉醉。"侁自肩如削，难胜数缕绦。"这两句对妻子弹奏琵琶的描写十分细腻，犹如人在眼前，琵琶声声声入耳。

　　后两句诗尤其富有意味。"天香留凤尾"是实写，写诗人确确实实嗅到了琵琶上爱妻的余香；"余暖在檀槽"则是虚写，是诗人自己的想象。恍惚之间，李煜感到爱妻仿佛刚弹奏一曲，琵琶上还残留她的余温。泪雾散去，出现在诗人眼前的只是这冰冷的琵琶，真情由此而出。

　　妻子死后，人去楼空，睹物思情，寻常的小物件也能勾起往日的绵绵情思。可以想象，他独自一人拿着琵琶，轻轻抚摸，那琵琶上似乎都还遗留着妻子的芬芳和温暖。李煜用非常丰富的细节来表达无尽的哀思，无一句谈及思念，而思念已在细节间展露无遗。全诗巧用想象、虚实结合等艺术手法，描写细腻，生动感人。

九月十日偶书

晚雨秋阴酒乍醒，感时心绪杳难平。

黄花冷落不成艳，红叶飕飗竞鼓声。

背世返能厌俗态，偶缘犹未忘多情。

自从双鬓斑斑白，不学安仁却自惊。

译文

秋季阴冷的晚上下起了雨，酒后惊醒，心中愁绪久久不能平复。看到满地的落叶黄花，风雨中的红叶飒飒作响。想要背弃世俗，不同流俗，但偶有机缘，还是无法摆脱世俗的情缘。自从双鬓斑白后，已经参透世情，心灰意冷，不会像潘岳那样多愁善感了。

鉴赏

这首诗充分体现了诗人矛盾的心理。他认为随着年龄的增长，阅历的增加，就能参透俗世，不会像潘岳那样多愁善感了，但是遇到"晚雨秋阴"的景象，依然难平心绪。

开篇两句，写傍晚秋阴、酒醉乍醒，客观条件（季节气候不佳、身体状况不佳）和主观条件（内心感受）都令诗人的心情不能平静，从而为全诗定下了情感基调。

三、四句，写秋日风景，"黄花""红叶"本是秋天里最具生命力的物象，然而在诗人眼中，单一的黄花却远远构不成绚丽的色彩，而红色的叶子在风雨之中飒飒作响，如沙场鼓声，徒增秋日的肃杀之气。句中的飕飗（sōuliú），指风雨声。"背世返能厌俗态，偶缘犹未忘多情"与"自从双鬓斑斑白，不学安仁却自惊"表现了诗人的"心绪难平"。李煜为了避免兄长李弘冀对自己的逼迫，在钟山筑室读书，即位之后在宋朝的威压之下还是不改诗书歌舞之乐，由此即可了解其"背世""厌俗态"的高雅之意。对于丧子、亡妻痛苦的诗词咏叹，都是发生在面对北方军事威胁的背景之下，于此又不难领会其"多情"背后的软弱无助。当多愁善感的词人被推上君王的位置，在弱肉强食的乱世求生存的时候，大约应该都是李煜这种悲秋的样子，满怀恐惧，满怀凄惶直至在两鬓斑白中走向毁灭。

此诗以淡泊和哀愁的情感描绘了秋天的景色和诗人内心的感受。诗中的晚雨和秋阴给人一种阴郁而萧瑟的感觉，与黄花凋谢和红叶飘落形成鲜明的对比。诗人以此来表达时间流转的无情和自己年老的无奈。诗人在诗中提到他自己的双鬓斑白，这既是对自身境遇的反思，也是对逝去的美好时光的感叹。整首诗充满了对时光流转和生命无常的深刻思考和感慨之情，给人以思索与共鸣。

病中感怀

憔悴年来甚，萧条益自伤。
风威侵病骨，雨气咽愁肠。
夜鼎唯煎药，朝髭半染霜。
前缘竟何似，谁与问空王。

译文

本就重病在身，精神憔悴，看到外边一片萧条的深秋景象，心中不禁又多了一份哀伤。寒秋的风雨侵入骨髓，让人愁肠哽咽。夜里只有炉灶煎熬药物，到了早上胡须就变白了，如同秋霜。谁能替我问问佛祖，为什么让我承受亡子、亡妻、国衰、疾病等种种痛苦。

鉴赏

这首诗作于北宋乾德二年（964 年）秋冬之际的金陵。李煜心爱的儿子仲宣夭折，娥皇在同一年病逝。失子、失妻之痛让李煜的身体日益憔悴。同时李煜面对国势日衰，北宋大军日渐侵逼的现实，心中愁苦，对国事的担忧隐隐可见。方回在《瀛奎律髓》中评论这首诗时，批评李煜"集中多言病"，没有帝王气象。

诗的开端诗人便将自己置于漫无边际的痛苦之中，写自己近年来身体一天不如一天，亲人接连亡故，令人黯然神伤。寥寥数语，就刻画出茫茫天地间一个孤独悲伤的灵魂。"萧条"二字交代了诗人此时重病缠身，加之失子、失妻，内心的愁苦反映在身体上，所以"萧条"。诗以"憔悴"领起，对以"萧条"，前者重在写人，后者刻画环境。二者相互映衬，写出人因萧条而憔悴，也因憔悴而更觉萧条。其意思还不止于此一层。"年来甚"与"益自伤"相对，这是说，人是一年一年的老去，憔悴本来就一年更甚于一年，偏又处在这周遭萧条的环境中，于是便生出无尽的感伤而加快了人憔悴的速度。

中间两联刻画诗人的生活状态。颔联"风威侵病骨，雨气咽愁肠"紧承首联而发，写憔悴的"病骨"受"风威"所"侵"，伤感的"愁肠"为"雨气"所"咽"，使病体与愁怀紧密相连，以见病因愁起，愁使病笃之意。这一联尤为传神，把病中的敏感形象地写了出来，正因为有病痛，正因为有愁肠，才感受到秋风格外寒，秋雨格外冷。颈联"夜鼎唯煎药，朝髭半染霜"句，诗人悲叹自己垂垂老矣，已是"朝髭半染霜"了，更是哀戚尤深。

尾联"前缘竟何似，谁与问空王"，语气悲愤。"前缘""空王"之说，更涉佛事，益见消沉。诗人愁病交加，无所排遣，便只好求助于佛，幻想从了解"前缘"中得到解脱，从询问"空王"中得到指点。可是"前缘竟何似"，仍不得而知。"谁与问空王"，也不得其门而入。诗至此停笔，流露出无限的惆帐与忧思。其中深沉的内容耐人寻味。

　　整首诗以疾病为背景，刻画了作者内心的困苦和无奈，体现了他对逝去繁华的怀念和对未来的迷茫。诗中以"威"写风，以"气"写雨，将政治处境中所有的威逼与压迫都转为自然现象的感受，写法巧妙。通过对疾病的描写，诗人对生命的脆弱和短暂进行了深刻的思考，也表现了其对命运的感叹和寻问。全诗把体病、心病、人情、秋景、家事、国事等融合在一体，笼罩了一层伤感的云雾。

病中书事

病身坚固道情深，宴坐清香思自任。
月照静居唯捣药，门扃幽院只来禽。
庸医懒听词何取，小婢将行力未禁。
赖问空门知气味，不然烦恼万涂侵。

译文

　　病中闲坐户外，一阵清风吹来，只觉得神清气爽，突然感到病体轻松了许多，不禁思绪万千，任其驰思。明月高照、静居典雅，只有捣药的声音咚咚作响。小门紧锁、深院幽静，只有小鸟时时飞来与人亲近。久病难愈，懒得再听御医的诊断。身边的小婢搀扶着自己散步，可又感觉疲劳。多亏我自己懂得了不少佛教道理，才获得了许多生活情趣，不然尘世的烦恼会从各方面侵来，使人陷入愁江苦海。

鉴赏

这首诗与前一首《病中感怀》应该作于同一时期。二者内容相似，皆描写病中感受，但此诗佛教情怀更浓。两首诗的不同之处在于，前者侧重抒怀，抒发病中情怀；这首诗侧重叙事，叙写病重的琐事，所写之事有浓郁的生活气息，由此可知写此诗时，李煜的病已经大为好转，因此字里行间透露着轻松之感。相比上首诗，此首没有了压抑感，诗中李煜无世事搅扰，无俗情牵挂，清闲自在。

此诗首联所描写的是焚香坐禅的情景。诗人安坐一室，焚香供佛，回想自己所遭遇的种种，默思佛祖的教训。清香四散，意念渐渐入冥，心境渐渐平静，既然一切都是命中注定，就不要怨天尤人。诗以"病身"与"道情"相对，说是病越重，修道之心就越诚恳；而修道之心越诚恳，感悟的佛理就越深。"病"不仅是指生理之疾，更有经历人生痛苦的遭遇带给人的心理以及精神的创伤，故用一"身"字总括。诗人焚香敬佛的修行方法就是"思自任"，所体悟的佛理就是"病身坚固道情深"。这两句若从逻辑顺序讲，应该是"宴坐清香思自任，病身坚固道情深"。诗人先说后，再说前，将事情发展的顺序倒过来，正是为了强调此时的觉悟。文章家将这种写法称为"逆挽"。

诗的中间两联写生活情景，营造出凄凉与孤寂的氛围。夜间，清冷的月光照着空庭，四周一片寂静，唯有捣药的声音持续而单调地在院中回响，向院中人提示着无边的落寞。不仅夜间如此，白天也一样。主人无访客，院门紧闭，庭院深深，除了鸟叫，不闻人声。偶尔有医生前来诊病，也不过说些不切病情的话，并无治疗的功效。诗人身体日渐衰弱，扶着小婢起来走走，却深感力不能至，脚步难移。在这样的生活之中，不能不回想当年，而所有的回想都是痛苦的，更令眼前的情景有不堪的残忍。于是诗人回转过来向自己道庆幸，若不是有佛理的开导，那人生的烦恼将会一股脑涌来将自己包裹，生活当无法继续。这种自我开释，在诗人或许有一时的宽解，通篇读来，读者仍然会感到内在的悲哀。

尾联回应首联的修行之事，用"知气味"写此刻对于佛理的感悟，上承"病身坚固道情深"。

这首诗中有"庸医""小婢"，还有清风、明月、飞鸟等具体的事物，可使读者通过感知这些人物和景物体会到诗人的内心感受。

题《金楼子》后

梁元帝谓：王仲宣昔在荆州，著书数十篇。荆州坏，尽焚其书。今在者一篇，知名之士咸重之。见虎一毛，不知其斑。后西魏破江陵，帝亦尽焚其书，曰：文武之道，尽今夜矣。何荆州坏焚书二语，先后一辙也。诗以慨之。

牙签万轴里红绡，王粲书同付火烧。

不是祖龙留面目，遗篇那得到今朝。

译文

梁元帝曾说：王粲曾经在荆州为刘表效命时作了数十篇文章，

后来荆州被攻破，王粲便将自己的文章全部烧毁，现如今只留下了一篇。当时的文人名士看到后都称赞写得好，但是遗憾只看到了部分内容，不能看到文章全貌。后来西魏宇文泰带兵攻陷江陵，梁元帝也将自己所藏的书全部焚毁，说：文王、武王的治国修身之道，到今夜完全消失了。为什么与荆州沦陷时焚毁书籍的事情如出一辙啊。于是作诗表示感慨。

王粲和梁元帝十分爱惜书籍，用红丝布包裹珍藏，但在城池被攻陷以后，一把火烧掉了所有的书籍。因为秦始皇焚书坑儒未赶尽杀绝，才能使那些残留的诗文保存到今天。

鉴赏

此诗收录于《全唐诗》卷八，是李煜读《金楼子》后题写其书后的一首诗，并在正文前附了一段小序。这首诗见于宋代无名氏的《枫窗小牍》："余尝见内库书《金楼子》有李后主手题……"可见《枫窗小牍》作者曾在皇家书库见过梁元帝的《金楼子》，而此书正是赵匡胤从南唐那里掠夺来的，显然曾为李煜所有。据此，此诗当作于李煜入宋之前作。

全诗共四句二十八字，其主旨是对《金楼子》中所说的两件焚书事件发表感慨。诗人先描写王粲和梁元帝惜书焚书的行为，然后笔锋一转，写秦始皇的焚书坑儒之举，进行对比，批评了王粲和梁元帝的焚书行为。

李煜擅诗文，自己也珍藏了很多书籍。他对王粲和梁元帝焚书的行为不以为然，还将其与秦始皇作对比，直言二人连秦始皇都不如。诗的前二句以书卷的华丽装饰与"火烧"对比，说梁元帝曾有感于荆州焚书而使王粲作品仅存一篇，但是当他自己焚书之时，却连王粲仅存的一篇也一同焚毁了。这是以沉重的感慨来印证序文中两次出现的"尽焚其书"。后二句说秦始皇当年也是有选择性的焚书，民间书籍虽然无存，宫廷典籍尚可流传，因此后人才有可能读到"遗篇"。相比于梁元帝行为的绝对与自私，秦始皇的焚书可以说对书籍的文化价值有手下留情之意。这层意思以反问出之，与前二句写梁元帝事不仅有对比的效果，也加强了语气，对梁元帝之举深感痛心。

李煜就梁元帝焚书而作的历史批评，表达了他对书籍价值的认识与珍惜，也见出他有超越一己之私的历史识见。可是当北宋攻破金陵城池之际，他却将南唐三代君主所收藏的典籍字画同样付于火烛，这首诗在某种程度上因此而具有谶语的意味。

渡中江望石城泣下

江南江北旧家乡，三十年来梦一场。
吴苑宫闱今冷落，广陵台殿已荒凉。
云笼远岫愁千片，雨打归舟泪万行。
兄弟四人三百口，不堪闲坐细思量。

译文

　　江南也好江北也罢，原来都是我的家乡，三十年岁月就像做了一场梦。金陵的宫殿现在已经变得冷冷清清，当年的广陵亭台殿堂也已经变得十分荒凉。云雾笼罩着远处的山峦，就像我的愁云片片。雨水敲打着归去的船，就像我的眼泪一行行落下。我们兄弟四人加上三百家人，此时不忍闲坐，细细思量我们的过失。

鉴赏

公元 975 年 11 月，金陵城陷，李煜率领亲属官员肉袒到城外受降，后被押解至汴京，被宋太祖封为违命侯。赵匡胤以此来表达对李煜屡召不降又起兵反抗的不满。在被押解北上时，李煜在渡口回望自己的故都，不禁悲从中来，写下了这首诗。

首联"江南江北旧家乡，三十年来梦一场"追思故土，回首三十年来的帝王生涯，如梦一场，如今梦醒国亡，空余悔恨。颔联借昔日吴宫、广陵台的荒凉表示南唐华丽的宫苑也将成为被冷落的遗迹。颈联转为实写被俘渡江途中的景物，自然界中的云和雨被赋予人性化的特征，云愁雨泪，衬托出诗人所处环境的凄凉落魄及内心的愁苦无奈。结尾一联"兄弟四人三百口，不堪闲坐细思量"，国已亡，空自被俘，唯有"细思量"往日的过失，然而这般思量也无济于事，若真有雄心壮志，何至于国破被俘呢！

这首诗情真意切，写出了李煜的亡国之恨。由高高在上的君王变成阶下囚，对李煜来说是人生中的重大转折，从而也影响了他诗词的风格。这首诗在布局上，由江南转到江北，从吴苑写到广陵，由往昔写到未来，写遍了他所深处的时空领域，并由此发出人生如梦的感慨。诗的中间两联对仗工整，含义深刻又形象生动。"云笼远岫愁千片，雨打归舟泪万行"将近景与远景相结合，将愁绪与恨交融，把情感嫁接在云岫雨舟上，引发读者的无限联想。

这首诗虽然艺术成就不高，但都是李煜亡国后真情的流露，用词也无昔日的华丽，不加粉饰，却富有很强的感染力。读罢让人恨其被俘，又怒其不争。诚然如后世所言：做个才子真绝代，可怜薄命作君王。

游后湖赏莲花

蓼花蘸水火不灭，水鸟惊鱼银梭投。

满目荷花千万顷，红碧相杂敷清流。

孙武已斩吴宫女，琉璃池上佳人头。

译文

　　蓼花似火，绽放在水上，蘸入水中的，红色亦不改，水鸟划过湖面，惊得鱼儿上下穿梭。千万顷的荷花烂漫夺目地绽放在水面之上，与满池荷叶红碧相间，与千顷碧波相映生色。这千万顷的美丽荷花，宛若当年孙武斩落的宫女之头。

鉴赏

　　这首诗见宋代无名氏《分门古今类事》卷十三"谶兆门上"。在南唐灭亡那一年，李煜赏荷花时，突然心血来潮写下了这首诗。

　　这首诗前四句描写的景物令人赏心悦目，蓼花似火，绽放在水上，水鸟划过水面，惊得鱼儿上下穿梭。在这充满动感的背景下，千万顷的荷花绽放在水面之上，与满池荷叶红碧相间。寥寥数语就勾勒出一幅夏日清晨游赏莲花的美景图。诗人通过鲜明生动的描写，展现出莲花的娇艳和生命力的顽强。诗中运用了对比的手法，蓼花蘸水火不灭与水鸟惊起鱼儿形成动静相间的画面，增强了整体的艺术效果。诗人还以荷花的繁盛和绚丽来烘托后湖的美景，给人带来视觉上的享受。这本来是很雅致的景观，可结句的想象却充满了血腥和不吉，诗人实在无法表达内心深处对荷花的独特感受，于是生发出一个兵家典故：孙武斩吴宫女。这个典故出自司马迁《史记·孙子吴起列传》。诗人把荷花比喻成孙武当年斩落的宫女的头颅。用"佳人头"作为诗歌意象来形容莲花的鲜艳、娇美，前所未有。这个比喻奇怪、冷艳，带有几分杀机，包含着一个附庸国国君潜意识中的不平之气。如果荷花如同孙武当年斩落的宫女头颅，那么蓼花映照下的水面则宛如一池血水。当时很多人都认为这首诗不是吉兆。

附录二 李璟词

应天长（一钩初月临妆镜）

　　一钩初月临妆镜，蝉鬓凤钗慵不整。重帘静，层楼迥，惆怅落花风不定。

　　柳堤芳草径，梦断辘轳金井。昨夜更阑酒醒，春愁过却病。

译文

　　一钩新月从镜子里反射出来，美人鬓薄如蝉，凤钗斜坠，慵懒得无心妆扮。她独处深闺之中，在迢迢高楼上，还裹着重重帘幕。于是将重帘挑起，帘外所见，却是风吹花落，上下翻转，一地狼藉。

　　忆当时在那长堤垂柳，在芳草香径中，二人曾牵手漫步，在那明净的井台，雕花的栏杆上，二人曾并坐谈心。而今只有梦中相见。昨夜酒后醒来，梦中相聚的场景全部消失，对于春的伤愁更加深切，甚至远远超过了病痛的难受。

鉴赏

　　李璟为李煜之父，南唐第二代国君。史学家评论李璟空有经略之志，却不会用人。他在位期间，党政激烈。但李璟对南唐的文化事业格外重视，爱好搜集文献图集。李璟的词传世较少，但特点鲜明，往往直抒胸臆，蕴含浓厚的忧患意识，已经初步显示出南唐独特的艺术风貌。

　　这首词写春夜美人的春愁，暗示了词人深受后周胁迫、处境艰难、语多讳忌的艰难处境。开篇像是一个特写镜头，写女主人公早晨起来，懒于装扮。女主人公外在神态的慵懒，实则是词人内心苦闷的表现。开头两句直接写人物的神态和打扮，又间接地表现出人物内心的惆怅。接下来三句写室内外的环境,通过环境的渲染表现人物的心情。"重帘静,层楼迥"写伤春人独处深闺之中,重重帘幕,高楼迢迢,由寂静和遥远的意境衬托出人的寂寞和思念。"惆怅落花风不定"一句道出伤春人的多少思绪。花象征着青春和美好的理想。花落意味着青春年华的逝去和理想的失落,所以女子见"落花"而生"惆怅"。花犹如此,人何以堪。落了一地的不止是花,更有无依的心。此句意象美、意蕴深,将一位深闺女子面对春景而叹息青春、渴望珍惜却感慨无奈的心思微妙地传达出来,又不露刻画痕迹,充分显示了词人语言才能的高超。

下片紧承风吹落花而将画面展开,视野变得开阔,似有一种心情的舒展。"柳堤芳草""辘轳金井"写过去游乐的美好时光,犹记当时,与朋友携手于芳草香径之间。这些充满温馨的画面,而今却是"梦断"。"梦断"二字很冷,写出一种被夺走的恨意与无奈。写到这里,词人才揭示出楼中人郁闷的原因,原来是感伤离别。

结尾点明心思,女子为消愁昨夜也曾饮酒,然而夜深酒醒,四周沉寂清冷,春愁却是更深。

词人在词中主要使用了以下意象:一是"重帘层楼",二是"落花风不定",三是"柳堤芳草径",四是"辘轳金井"。"重帘层楼",既是女子所处的与外界、与春天隔绝的实景,也是李璟孤独无依的艰难处境的形象比喻;"落花风不定",既写景又写人,春风不定而使人想到了落红无数,落红无数引起无限伤春情思,不停地伤春情思使人憔悴不堪,犹如春风不定而落红无数;"柳堤芳草径",既是情侣惜别的实景,又是"杨柳依依""天涯芳草"的伤心暗示;"辘轳金井"既是词人梦断之因的实景,又似在说,梦虽醒了但情思却难以了断。这实与虚的反复出现、反复对应，渲染了春愁情绪，以致词人最后发出了春愁浓于酒、春愁之苦甚于生病的哀叹。

望远行（玉砌花光锦绣明）

碧砌花光锦绣明，朱扉长日镇长扃。余寒不去梦难成，炉香烟冷自亭亭。

辽阳月，秣陵砧，不传消息但传情。黄金窗下忽然惊，征人归日二毛生。

译文

碧玉般的台阶，秋花明媚多姿，景色美丽耀眼，而两扇红漆门却终日关闭。漫长的夜晚来临，闺房中残余的寒气还未散尽，想梦见情人却久久难以入眠。炉香已经燃尽，只有那袅袅上升的青烟独自游荡。

我在金陵月色下独自捣衣，遥望月亮，想象情人所在的地方。但月亮似乎有意不给我传来你的消息，只传来脉脉深情。就算有一天忽然传来你立下战功的消息，你凯旋之日我却已经头发斑白。

鉴赏

这是一首怀人词。上片写春光明媚、花团锦簇，闺中之人应该外出欣赏春光，可诗中却写朱门紧闭，闺中之人足不出户，无心赏春，由此可见心情低落。相思至极，便想在梦中与思念之人相会，无奈夜深幽寒，好梦不成，愁闷又增添一层。"炉香烟冷自亭亭"一句功力颇为深厚，与王维的"大漠孤烟直"有着异曲同工之妙，妙在意境的渲染。那已经点了许久的香炉尚有余烬，青烟冷冰冰地兀自亭亭升起，仿佛对美人那烦乱的心绪漠不关心。

下片写因路途遥远，思念之人消息沉沉，归期未卜，夜月砧声不能慰藉相思，反而更添相思之苦。"辽阳月，秣陵砧，不传消息但传情"，这是此词的神来之笔。辽阳的月亮，秣陵的砧石，两者之间分明是不相干的，这时候词人已经神不知鬼不觉地"话分两头，各表一枝"了。在遥远的辽阳，出征人夜晚未眠，仰望着苍穹之上的月亮；而在秣陵，佳人在河畔浣纱洗衣，敲打着砧石。东升西落的月亮和捣衣声传递着两个人刻苦铭心的思念。虽然彼此挂念，但毕竟独守空闺，等到思念之人归来，彼此都已经满头白发，美好的青春年华虚度，怎能不让人惊叹呢。

从构思上看，上片写实景，分室内和室外两处，由外而内依次展现。下片是想象，空间转换大开大合，构成辽阔的意境。全词运用映衬、联想、渲染等表现手法，形象、具体、生动，充满生活气息。

这首词的创作背景可能与李璟当时的处境和心情有关。李璟在位期间面临着国家政局动荡和内外交困的局面。这首词反映了他对国事的忧虑和对未来的不安。词中描写了一个思妇的形象，也表达了李璟对远离家乡的亲人的思念之情。词中通过描绘思妇周围的环境和内心感受，表现了她的孤独、焦虑和期待。这种情感表达可能与李璟自身的处境和心情有一定的共鸣，从而促使他创作了这首词。

浣溪沙（手卷真珠上玉钩）

手卷真珠上玉钩，依前春恨锁重楼。风里落花谁是主？思悠悠。

青鸟不传云外信，丁香空结雨中愁。回首绿波三楚暮，接天流。

译文

卷起珍珠门帘，挂上帘钩，在高楼上远望的我和从前一样，愁绪依然深锁。随风飘荡的落花谁才是它的主人呢？这使我忧思不尽。

信使不曾捎来远方行人的音讯，雨中的丁香花开出团团的忧愁。那绿色水波，浩浩荡荡从三峡奔腾而下，远远望去，碧涛与暮色连成一片，长空万里、水天一色。

鉴赏

这首词的写作背景，在马令《南唐书》中记载："元宗尝作《浣溪沙》二阕，手书赐感化，'菡萏香销翠叶残'与'手卷珠帘上玉钩'是也。后主即位，感化以词札上，后主感动，优赏之。"这首词代思妇写春愁，表达词人的愁恨与感慨。有人认为这首词非一般的对景抒情之作，可能是在南唐受后周严重威胁的情况下，李璟借小词寄托其彷徨无措的心情。

词的首句"手卷真珠上玉钩"，叙述客观平直。前二句委婉、细腻，卷帘本欲观赏景物，借抒怀抱，而既卷之后，依旧春愁浩荡。可见，"锁"是一种无所不在的心灵桎梏，使人欲消愁而不可得。"春恨"并不是抽象的，"风里落花谁是主"，风不仅吹落花朵，更将凋零的残红吹得四处飞扬，无处归宿。女子由花的命运联想到自己的命运，在这里可以看到的是人的身世飘零，孤独无依。结句"思悠悠"，正是女子因此而思绪萧索，悠然神往。

下片从人事着笔，是对春恨的进一步说明，也是"思悠悠"的直接结果。"青鸟不传云外信，丁香空结雨中愁"，则点出了"春恨"绵绵的缘由所在。青鸟飞过，却没有带来远方的音讯，庭院外细雨沥沥，雨中丁香千结，愁绪难解。女子深闭重楼，许久不见心上人，心中早已郁闷，可青鸟依旧没有带来回音，其失望更增一层。愁恨无意，所以说"空结"。"丁香结"本是丁香的花蕾，取固结难解之意，诗人多用它比喻相思之愁的郁结不散，李璟的独创就在于将丁香结化入雨中的境界，使象征愁心的喻体丁香花蕾更加凄楚动人，更加令人怜悯。"青鸟""丁香"二句合看又恰是一联工整的对仗，将思念难解之情写得既空灵透脱又真挚实在。至此，词的感情已经十分浓郁、饱满。当手卷真珠上玉钩的时刻，已经春恨绵绵；风里落花无主，青鸟不传信，丁香空结，则徒然的向往已经成为无望，这已是无可逃避的结局。

最后以景语作结："回首绿波三楚暮，接天流"。楚天日暮，长江接天，这样的背景暗示着愁思的深广。从整首词来看，末句的境界突然拓展，词人将一腔愁绪置于一个与其身世密切相关的历史地理环境中，这与心灵的起伏波动也是密切相合的。

词的上片写重楼春恨，落花无主，下片进一层写愁肠百结，固不可解，从思念难解立意，将春恨产生的根源揭示得含蓄而又深沉。全词语言雅洁，感慨深沉。

浣溪沙（菡萏香销翠叶残）

菡萏香销翠叶残，西风愁起绿波间。还与容光共憔悴，不堪看。

细雨梦回鸡塞远，小楼吹彻玉笙寒。多少泪珠何限恨，倚阑干。

译文

荷花残败，香气消散，西风从绿波之间吹起，使人愁绪满怀。美好的时光已经逝去，人也慢慢憔悴了，哪里还忍心再看这萧瑟的景象。

细雨绵绵，梦境中塞外风物缈远。站在高楼上，吹到最后一曲，寒笙呜咽之声久久回荡在小楼中。想起故人旧事，流不完的泪，诉不仅的恨，依旧倚在栏杆上等待。

鉴赏

此词上片重在写景，下片重在写人抒情。写景从西风残荷的画面写起，以韶光憔悴再加重，更见秋景不堪；写人从思妇怀人写起，梦回而感鸡塞征夫之遥远，倚栏而更见凄凉。

词的上片着重写时光流逝，人面憔悴。但开篇并没有直接点明这层意思，而是用荷花的香销、荷叶的凋零唤起读者对时光流逝的具体印象和感受。"菡萏香销翠叶残"一句，"香"点其"味"，"翠"点其"色"。此时味去叶枯确然使人惆怅。上句重在写秋色，下一句则重在写秋容。一个"愁"字，把秋风和秋水都拟人化了，于是外在的景物同词人的内在感情融为一体，词作也因之而笼罩了一层浓重的萧瑟气氛。

接下来由景生情，更进一步突出词人的主观感受。在这秋色满天的时节，美好的春光连同荷花的清芬、荷叶的秀翠，还有观荷人的情趣一起憔悴了，在浓重的萧瑟气氛中又平添了一种悲凉的气氛。"不堪看"三字，可以想象出主人公看到荷花的凋零联想到自身的命运和青春的流逝，质朴而有力，明白而深沉，抒发了词人的主观感情。李璟虽然位高为皇帝，但是生性懦弱，再加上当时内外矛盾重重，境遇相当危苦，此时此刻，其触景伤情，从而产生无穷的痛苦和哀怨是十分自然的。

词的下片着重抒情。首句托梦境诉哀情。一梦醒来，雨声细细，梦境即便美好，但所梦之人毕竟远在边塞，可思可望而不可及。"小楼"句，以吹笙衬凄清。风雨高楼，玉笙整整吹奏了一曲，因吹久而凝水，笙寒而声咽，映衬了主人公的寂寞孤清。这两句亦远亦近，亦虚亦实，亦声亦情，而且对仗工巧，是千古传唱的名句。最后两句，词人用一组特写镜头从外表到内心写倚栏人的愁恨。"倚阑干"三字，意兴凄凉，有说不尽之意。全词境界空灵，愁恨满腹，却始终不显露愁恨的原因，从而让读者发挥想象的空间。

陈廷焯在《白雨斋词话》中评价此词，"南唐中主《山花子》云：'还与韶光共憔悴，不堪看。'沉之至，郁之至，凄然欲绝，后主虽善言情，卒不能出其右也"。

浣溪沙（风压轻云贴水飞）

风压轻云贴水飞，乍晴池馆燕争泥。沈郎多病不胜衣。
沙上未闻鸿雁信，竹间时有鹧鸪啼。此情惟有落花知。

微风吹着白云，云朵贴近水面漂浮着，雨后初晴燕子在池沼边衔泥筑巢。沈郎身弱多病不能承受衣物之重。

沙滩上没有收到鸿雁传来的书信，竹林间时时听到鹧鸪悲啼。我的深情怕是只有那落花知晓了。

鉴赏

关于此词的作者，北宋晏殊《珠玉词》将其归为晏殊，苏轼《东坡乐府》中将其归为苏轼。王仲闻《南唐二主词校订》中将其归为李璟。

开头两句，词人用轻快的笔触三言两语就把一幅生机勃勃的春天画图描绘出来。他既没有用浓重的色彩，也没有用艳丽的词藻，而只是轻描淡写地勾勒出几样景物，感染力很强，呈现了一股清新的春天气息。在一个多云转晴的春日里，词人徜徉于池馆内外，但见和风吹拂大地，云朵贴水漂浮，天气初晴，那衔泥的新燕，正软语呢喃。面对着这春意盎然的良辰佳景，词人本应该心情愉悦，但紧接着一句却是"沈郎多病不胜衣"。词人竟自比多病的沈约，腰围带减，瘦损不堪，弱不禁风。首句连用三个动词"压""贴""飞"构成连动句式，使整个画面充满动感。次句把时、空交互在一起写，季节是春天，天气是初晴，地点在池馆内外。第三句点出词人自己，由于情感外射，整幅画面顿时从明快变为阴郁。这一喜一忧、一扬一抑，产生了跌宕的审美效果，更增加了词的动态美。词意到此出现了巨大转折，为过渡到下片做好了准备。"风压轻云贴水飞"是无声的动态，"乍晴池馆燕争泥"是有声的动态，"沙上未闻鸿雁信"是想听到却没听到的声音，"竹间时有鹧鸪啼"是不想听却听到的声音。这四句无声与有声相对，有心听与无心听相错，构思巧妙。

　　鸿雁未捎信来，而鹧鸪啼声更是时时勾起词人对故人的思念。"沙上""竹间"，既分别为鸿雁和鹧鸪栖息之地，也可能是词人举目所见之景。

　　"此情惟有落花知"，落花本无知，但由于词人的移情作用，竟使无知的落花变成了深知词人心情的知己。这句包含了三重意思：一是"惟有"二字，说明除落花之外，作者的心情无人明了；二是落花能够理解词人的心情是由于词人与落花的命运相似；三是落花无言，即使它理解作者的心情，也无可劝慰。

附录三 李煜词集评

王国维《人间词话》：温飞卿之词，句秀也。韦端己之词，骨秀也。李重光之词，神秀也。

王国维《人间词话》：词至李后主而眼界始大，感慨遂深，遂变伶工之词而为士大夫之词。周介存置诸温、韦之下，可谓颠倒黑白矣。"自是人生长恨水长东""流水落花春去也，天上人间"，《金荃》《浣花》能有此气象耶？

王国维《人间词话》：词人者，不失其赤子之心者也。故生于深宫之中，长于妇人之手，是后主为人君所短处，亦即为词人所长处。

王国维《人间词话》：客观之诗人，不可不多阅世。阅世愈深，则材料愈丰富，愈变化，《水浒传》《红楼梦》之作者是也。主观之诗人，不必多阅世。阅世愈浅则性情愈真，李后主是也。

王国维《人间词话》：尼采谓："一切文学，余爱以血书者。"后主之词，真所谓以血书者也。宋道君皇帝《燕山亭》词亦略似之。然道君不过自道身世之戚，后主则俨有释迦、基督担荷人类罪恶之意，其大小固不同矣。

王国维《人间词话》：冯正中词虽不失五代风格而堂庑特大，开北宋一代风气。与中、后二主词皆在《花间》范围之外，宜《花间集》中不登其只字也。

王灼《碧鸡漫志》：唐末五代，文章之陋极矣，独乐章可喜，虽乏高韵，而一种奇巧，各自立格，不相沿袭。在士大夫犹有可言，若昭宗"野烟生碧树，陌上行人去"，岂非作者。诸国僭主中，李重光、王衍、孟昶、霸主钱俶，习于富贵，以歌酒自娱。而庄宗同父兴代北，生长戎马间，百战之余，亦造语有思致。国初平一宇内，法度礼乐，浸复全盛。而士大夫乐章顿衰于昔日，此尤可怪。

朱晞颜《跋周氏埙篪乐府引》：旧传唐人《麟角》《兰畹》

《尊前》《花间》等集，富艳流丽，动荡心目，其源盖出于王建《宫词》，而其流则韩偓《香奁》、李义山《西昆》之余波也。五季之末，若江南李后主、西川孟蜀王，号称雅制，观其忧幽隐恨，触物寓情，亡国之音，哀思极矣。洎宋欧、苏出，而一扫衰世之陋，有不以文章而直得造化之妙者。抑岂轻薄儿、纨绔子，游词浪语，而为诲淫之具哉！其后稼轩、清真，各立门户，或以清旷为高，或以纤巧为美，正如桑叶食蚕，不知中边之味为如何耳。最晚姜白石尧章以音律之学，为宋称首。其遣词缀谱，迥出尘俗，真有"一洗万古凡马空"之气。

郑瑗《蜩笑偶言》：刘禅既为安乐公，而侍宴喜笑，无蜀技之感，司马昭哂其无情。李煜既为违命侯，而词章凄惋，有故国之思，马令讥其大愚。噫！国破身辱之人，瞻望故都，思与不思，无往而不招诮，古人所以贵死社稷也。

胡应麟《少室山房笔丛》：六朝、五季，始若不侔而末极相类。陈、隋二主，固鲁卫之政，乃南唐、孟蜀二后主于词曲皆致工，蜀则韦庄在昶前，唐则冯、韩诸人唱酬，煜世并宋元滥觞也。

胡应麟《诗薮》：南唐中主、后主皆有文。后主一目重瞳子，乐府为宋人一代开山祖。盖温、韦虽藻丽，而气颇伤促，意不胜辞，至此君方是当行作家，清便宛转，词家王、孟。

秦士奇《草堂诗余叙》：李、晏、柳七、秦七、"云破月来花弄影"郎中、"红杏枝头春意闹"尚书，闺彦若易安居士，词之正也。至温、韦艳而促，黄九精而刻，长公骚而壮，幼安辨而奇，又词之变体也。至竹屋、姜白石、史梅溪、吴梦窗诸人，格调迥出清新。故词流于唐而盛于宋。

卓人月《古今词统》：徐士俊云：后主、易安直是词中之妖，恨二李不相遇。

沈谦《填词杂说》：男中李后主，女中李易安，极是当行本色。又："红杏枝头春意闹""云破月来花弄影"，俱不及"数点雨声风约住，朦胧淡月云来去"。予尝谓李后主拙于治国，在词中犹不失为南面王，觉张郎中、宋尚书，直衙官耳。

纳兰成德《渌水亭杂识》：《花间》之词如古玉器，贵重而不适用，宋词适用而少贵重。李后主兼有其美，更饶烟水迷离之致。

余怀《玉琴斋词序》：李重光风流才子，误作人主，致有入宋牵机之恨。其所作之词，一字一珠，非他家所能及也。

夏秉衡《历代词选序》：唐末五代，李后主、和成绩、韦端己辈出，语极工丽而体制未备。至南北宋而作者日盛，如清真、石帚、竹山、梅溪、玉田诸集，雅正超忽，可谓词家上乘矣。

王时翔《莫荆琰词序》：词自晚唐温、韦主于柔婉，五季之末，李后主以哀艳之辞倡于上，而下皆靡然从之。入宋号为极盛，然欧阳、秦、黄诸君子且不免相沿袭，周、柳之徒无论已。独苏长公能盘硬语与时异，趋而复失之粗。南渡后得辛稼轩寄情于豪宕中，其所制往往凄凉悲壮，在古乐府与魏武埒。斯可语于诗之变雅矣。

汪筠《读词综书后二十首》：南唐凄婉太痴生，吞吐春月不自明。一拍一杯还一梦，直地亡国为新声。

李其永《读历朝词杂兴》：无限思量去故宫，岂知双燕意难通。居然小令南唐好，一饷贪欢是梦中。

郑方坤《论词绝句》：梧桐深院诉情惊，夜雨罗衾梦尚浓。一种哀音兆亡国，燕山又寄恨重重。

沈道宽《论词绝句》：南朝令主擅风流，吹彻寒笙坐小楼。自是词章称克肖，一江春水泻春愁。

周之琦《词评》：予谓重光天籁也，恐非人力所及。

谭莹《论词绝句》：伤心秋月与春花，独自凭栏度年华。便作词人秦柳上，如何偏属帝王家。又：念家山破了南唐，亡国音衰事可伤。叔宝后身身世似，端如诗里说陈王。

周济《介存斋论词杂著》：李后主词，如生马驹，不受控捉。毛嫱、西施，天下美妇人也，严妆佳，淡妆亦佳，粗服乱头，不掩国色。飞卿，严妆也。端己，淡妆也。后主，则粗服乱头矣。

张德瀛《词徵》：男中李后主，女中李易安，极是当行本色，前此太白，故称词家三李，此沈去矜说也。宋时严仁、严羽、严参，称邵武三严。嘉兴李武曾与其兄绳远、弟符亦称三李。可云前后辉映。

谢章铤《赌棋山庄词话》：容若尝曰："《花间》之词如古玉器，贵重而不适用，宋词适用而少贵重。李后主兼有其美，更饶烟水迷离之致。"

谢章铤《叶辰溪我闻室词序》：词渊源三百篇，萌芽古乐府，成体于唐，盛于宋，衰于元明，复昌于国朝。温、李，正始之音也；晏、秦，当行之技也；稼轩出，始用气；白石出，始立格。

吴衡照《莲子居词话》：十国时风雅才调，无过于南唐后主，次则蜀两后主，又次则吴越忠懿王。

谭献《复堂词话》：后主之词，足当太白诗篇，高奇无匹。

冯煦《蒿庵论词》：少游以绝尘之才，早与胜流，不可一世，而一谪南荒，遽丧灵宝。故所为词，寄慨身世，闲雅有情思，酒边花下，一往而深，而怨悱不乱，悄乎得《小雅》之遗。后主而后，一人而已。

冯煦《论词绝句》：梦编罗衾夜未央，秦淮一碧照兴亡。落花流水春归去，一种消魂是李郎。

樊增祥《东溪草堂词选自序》：五季之世，二李为工。后主思深理约，致兼风雅。匪微一朝之隽，抑亦百世之宗。降而端己

《浣花》之篇，正中《阳春》之录，因寄所托，归于忠爱，抑其亚也。又：声音感人，回肠荡气，以李重光为君；演绎和畅而有则，以周美成为极；清劲有骨，淡雅居宗，以姜尧章为最。至于长短皆宜，高下应节，亦终无过于美成者。

陈廷焯《白雨斋词话》：后主词思路凄惋，词场本色，不及飞卿之厚，自胜牛松卿辈。又：端己《菩萨蛮》四章，倦倦故国之思，而意婉词直，一变飞卿面目，然消息正自相通。余尝谓后主之视飞卿，合而离者也。端己之视飞卿，离而合者也。又：李后主、晏叔原皆非词中正声，而其词则无人不爱，以其情胜也。情不深而为词，虽雅不韵，何足感人。

陈廷焯《词坛丛话》：词至五代，譬之于诗，两宋犹三唐，五代犹六朝也。后主小令，冠绝一时。韦端己亦不在其下。终五代之际，当以冯正中为巨擘。

陈廷焯《云韶集》：五代词，犹初唐之诗也。李后主情词凄婉，独步一时。和成绩、韦端己、毛平珪三家，语极工丽，风骨稍逊。孙孟文崛起，笔力之高，庶几唐人。自冯正中出，始极词人之工，上接飞卿，下开欧、晏，五代词人，断推巨擘。又：后主词，凄艳出飞卿之右，晏、欧之祖也。

陈廷焯《词则·大雅集》：后主词凄绝出飞卿之右，而骚意不及。

王鹏运《半塘老人遗稿》：莲峰居士词，超逸绝伦，虚灵在骨。芝兰空谷，未足比其芳华；笙鹤瑶天，讵能方兹清怨？后起之秀，格调气韵之间，或月日至，得十一于千百，若小晏，若徽庙，其殆庶几。断代南渡，嗣音阒然，盖间气所钟，以谓词中之帝，当之无愧色矣。

况周颐《蕙风词话》：唐五代词并不易学，五代词尤不必学，何也？五代词人丁运会，迁流至极，燕酣成风，藻丽相尚。其所为词，即能沉至，只在词中。艳而有骨，只是艳骨。学之能造其域，未为斯道增重。矧徒得其似乎？其铮铮佼佼者，如李重光之性灵，韦端己之风度，冯正中之堂庑，岂操觚之士能方其万一？

况周颐《历代词人考略》：后主词无上上乘，一字一珠，毋庸选择。

王僧保《论词绝句》：落花流水寄唏嘘，如此才情绝世稀。谁遣斯人作天子，江山满目泪沾衣。（《餐樱庑词话》引）

蔡嵩云《柯亭词论》：词尚自然固矣，但亦不可一概论。无论何种文艺，其在初期，莫不出乎自然，本无所谓法。渐进则法立，更进则法密。文学技术日进，人工遂多于自然矣。词之进展，亦不外此轨辙。唐五代小令，为词之初期，故《花间》、后主、正中之词，均自然多于人工。宋初小令，如欧、秦、二晏之流，所作以精到胜，与唐五代稍异，盖人工甚于自然矣。